Carson McCullers

Die Ballade vom traurigen Café

Aus dem Amerikanischen
von Elisabeth Schnack

Diogenes

Titel der Originalausgabe:
›The Ballad of the Sad Café‹
1943 abgedruckt in ›Harper's Bazaar‹,
1951 in Buchform in
›The Ballad of the Sad Café
and Other Stories‹,
Houghton Mifflin, Boston
Die deutsche Übertragung von Elisabeth Schnack
erschien erstmals 1961 im Diogenes Verlag
und wurde für diese Ausgabe überarbeitet
Umschlagillustration: Edward Hopper,
›Early Sunday Morning‹, 1930
(Ausschnitt)

Die Stadt selbst ist trostlos; da ist nicht viel außer der Baumwollspinnerei, den zweiräumigen Hütten für die Arbeiter, ein paar Pfirsichbäumen, einer Kirche mit zwei bunten Glasfenstern und einer schäbigen Hauptstraße von knapp hundert Metern Länge. Samstags stellen sich die Pächter der umliegenden Farmen ein, um Neuigkeiten auszutauschen und Geschäfte zu machen. Sonst aber liegt die Stadt verlassen da, traurig und abseits und abgewandt von allen andern Ortschaften der Welt. Die nächste Bahnstation ist Society City, und die Autobuslinien Greyhound und White Bus benutzen die Forks Falls Road, bis zu der es über drei Meilen sind. Die Winter sind hier kurz und streng, die Sommer blendend grell und von einer Gluthitze.

Wenn man an einem Augustnachmittag die Hauptstraße entlangspaziert, kann man wirklich rein gar nichts unternehmen. Das größte Haus, genau in der Mitte der Stadt, ist ringsum mit Brettern vernagelt und neigt sich so weit nach rechts, daß es jede Minute einzustürzen droht. Es ist ein sehr altes Haus, und irgendwie sieht es seltsam und wunderlich aus und berührt einen ganz eigenartig, bis man plötzlich bemerkt, daß früher einmal, vor sehr langer Zeit, die rechte Seite der Vorderveranda und ein Teil der Wände einen Anstrich erhalten haben, doch war die Arbeit nicht beendet worden, so daß die eine Hälfte des Hauses dunkler und schmutziger aussieht als die andere. Das Haus sieht völlig verlassen aus. Im ersten Stock ist jedoch ein Fenster nicht mit Brettern vernagelt, und manchmal in den späten Nachmittagsstunden, wenn die Hitze am schlimmsten ist, kommt es vor, daß eine Hand langsam die Läden öffnet und ein Gesicht auf die Stadt niederblickt. Es ist ein Gesicht, wie es einem in Träumen begegnet, von schrecklicher Unbestimmtheit, bleich und geschlechtslos, mit grauen, schielenden Augen, die beide so stechend einwärts gerichtet sind, als tauschten sie untereinander einen langen Blick verschwiegenen Grams aus. Das Gesicht bleibt etwa eine Stunde am Fenster, dann werden die Läden wieder geschlossen, und eine andere Menschenseele wird man höchstwahrscheinlich in der Hauptstraße nicht mehr zu sehen bekommen. Diese Augustnachmittage! Wenn man seine Schicht hinter sich hat, kann man rein gar nichts mehr anfangen, außer vielleicht zur Forks Falls Road hinauszuwandern und den Kettensträflingen zuzuhören.

Und doch befand sich früher in ebendieser Stadt ein Café, und das alte, mit Brettern vernagelte Haus hatte auf Meilen im Umkreis nicht seinesgleichen. Da standen Tische mit Tischdecken und Papierservietten, von den Deckenventilatoren flatterten bunte Papierschlangen nieder, und Samstag abends war es gestopft voll. Die Besitzerin des Cafés war Miss Amelia Evans; doch daß es so gut ging und daß immer viel Betrieb war, hatte sie vor allem einem Buckligen zu verdanken, Vetter

Lymon genannt. Und noch jemand spielte in der Geschichte des Cafés eine Rolle: Miss Amelias ehemaliger Mann, ein furchtbarer Mensch, der nach mehrjähriger Zuchthausstrafe in die Stadt zurückkehrte, Unheil anrichtete und dann wieder weiterzog. Das Café wurde schon vor langer Zeit geschlossen, aber man erinnert sich noch heute daran.

Es war nicht immer ein Café gewesen. Miss Amelia hatte das Haus von ihrem Vater geerbt, und damals war es ein Kaufladen, der vor allem Futtermittel, Guano und Landesprodukte, wie Maismehl und Schnupftabak, führte. Miss Amelia war reich. Außer dem Laden betrieb sie noch hinten im Sumpf, drei Meilen weit weg, eine illegale Brennerei, wo sie den besten Branntwein des ganzen Bezirks brannte. Sie war eine dunkle, hochgewachsene Frau und hatte Muskeln und Knochen wie ein Mann. Das Haar trug sie kurzgeschnitten und aus der Stirn gekämmt; ihr sonnenverbranntes Gesicht zeigte einen wilden, verkrampften Ausdruck. Sie hätte hübsch sein können, wenn sie nicht damals schon leicht geschielt hätte. Es hätte ihr wohl manch einer den Hof gemacht, aber Miss Amelia machte sich nichts aus Männern und blieb eine Einzelgängerin. Ihre Ehe unterschied sich von jeder andern Ehe, die je in unserm Bezirk geschlossen worden war. Eine seltsame und gefährliche Ehe war es, die nur zehn Tage hielt und das ganze Städtchen mit Staunen und

Empörung erfüllte. Abgesehen von dieser wunderlichen Ehe hat Miss Amelia stets für sich allein gelebt. Oft verbrachte sie ganze Nächte in Overalls und Wasserstiefeln in ihrer Hütte hinten im Sumpf und starrte schweigend in das schwache Feuer des Brennofens.

Alles, was mit der Hand angefertigt werden mußte, gelang ihr. In der nächsten Stadt verkaufte sie Gekröse und Würste. An schönen Herbsttagen mahlte sie Zukkerrohr, und der Sirup aus ihren Fässern war dunkelgolden und von feinem Aroma. In nur zwei Wochen hatte sie sich hinter dem Kaufladen einen Abtritt aus Ziegelsteinen gebaut, und auch in Schreinerarbeiten war sie geschickt. Nur im Umgang mit andern Leuten war ihr nicht wohl. Falls die Menschen nicht gerade schwächlich oder sehr krank sind, lassen sie sich nicht in die Hand nehmen und über Nacht zu etwas verarbeiten, das Nutzen bringt und der Mühe wert ist. Miss Amelia konnte daher mit andern Leuten nichts anfangen, als ihnen Geld abzuknöpfen. Hypotheken auf Felder und Grundbesitz, eine Sägemühle, Geld auf der Bank – das machte sie zur reichsten Frau weit und breit. Sie hätte leicht so reich wie ein Kongreßmitglied sein können, wenn sie nicht eine einzige große Schwäche gehabt hätte, und das war ihre Leidenschaft für Prozesse und Gerichtsverhandlungen. Wegen einer Kleinigkeit konnte sie lange und erbitterte Rechtshändel anzetteln. Wenn Miss Amelia, so sagte man, auch nur über einen Stein auf der Straße stolperte, hielt sie unwillkürlich danach Ausschau, wen sie gerichtlich dafür belangen könnte. Abgesehen von ihren Prozessen, führte sie jedoch ein sehr geregeltes Leben, und ein Tag verlief wie der andere. Mit Ausnahme ihrer Zehn-Tage-Ehe war nichts vorgefallen, das diesen Zustand hätte ändern können – bis zum Frühling des Jahres, in dem Miss Amelia dreißig wurde.

Es war gegen Mitternacht an einem milden, ruhigen Aprilabend. Der Himmel hatte Farben wie die blauen Sumpfschwertlilien, und der Mond schien klar und hell. Die Felder standen in jenem Frühling sehr gut, und in den letzten Wochen hatte die Baumwollspinnerei mit Nachtschicht gearbeitet. Der viereckige Backsteinbau unten am Creek strahlte in gelbem Licht, und von den Webstühlen drang ein leises, gleichmäßiges Summen herauf. Es war so recht ein Abend, an dem es einem wohltut, über die dunklen Felder hinweg in weiter Ferne das stille Lied eines Negers zu hören, der auf dem Weg zu einem Mädchen ist, ein Abend, an dem man gern einfach so dasitzt und auf der Gitarre zupft oder einfach allein bleibt und an nichts denkt. Die Straße lag verlassen da, aber Miss Amelias Laden war hell erleuchtet, und auf der Vorderveranda waren fünf Menschen. Einer von ihnen war Stumpy MacPhail, ein Vorarbeiter mit rotem Gesicht und schmalen, rötlichen Händen. Auf der obersten Stufe saßen zwei Burschen in Overalls, die Rainey-Zwillinge, mit schlaksigen, trägen Gliedern, weißem Haar und schläfrigen grünen

Augen. Der vierte Mann war Henry Macy, ein scheuer und schüchterner Mensch mit sanften Umgangsformen und nervösen Bewegungen: er hockte auf der Kante der untersten Stufe. Miss Amelia stand mit übereinandergeschlagenen Beinen an den Türpfosten gelehnt, in der offenen Tür, die Füße in den hohen Schaftstiefeln; sie entknotete geduldig einen Strick, der ihr in die Hände geraten war. Geraume Zeit hatte keiner etwas gesagt.

Der erste, der zu sprechen begann, war einer von den Zwillingen. Er hatte die leere Straße hinuntergeschaut. »Da kommt was!« sagte er.

»Wird ein Kalb sein, das sich losgerissen hat«, meinte sein Bruder.

Die sich nähernde Gestalt war noch immer zu weit weg, als daß man sie genau hätte erkennen können. Der Mondschein hatte die blühenden Pfirsichbäume längs der Straße in undeutliche, krumme Schatten verwandelt. Der Duft ihrer Blüten und des süßen Frühlingsgrases vermischte sich mit dem warmen, säuerlichen Geruch der nahen Lagune.

»Nein, es ist eins von den Kindern«, sagte Stumpy MacPhail.

Miss Amelia blickte stumm über die Straße. Sie hatte den Strick hingelegt, und ihre braune, knochige Hand fingerte an den Trägern ihres Overalls herum. Sie zog die Brauen zusammen, und eine dunkle Haarlocke fiel ihr in die Stirn. Während sie alle warteten, begann ein

Hund in der Straße ein wildes, heiseres Geheul, das so lange anhielt, bis eine Stimme aus einem der Häuser ihn zum Schweigen brachte. Erst als die Gestalt ganz nahe war und in den gelben Lichtkreis der Veranda trat, erkannten sie deutlich, was da gekommen war.

Der Mann war ein Fremder, und es geschieht selten, daß ein Fremder zu dieser Stunde noch zu Fuß in die Stadt kommt. Überdies war es ein Buckliger. Er maß kaum mehr als einen Meter zwanzig und trug eine zerlumpte, staubige Joppe, die ihm bis zu den Knien reichte. Seine krummen Beinchen schienen zu dünn, um die Last des breiten, verwachsenen Brustkorbs und des Buckels zu tragen, der ihm hinter den Schultern aufsaß. Er hatte einen sehr großen Kopf mit tiefliegenden blauen Augen und einem schmallippigen kleinen Mund. Sein Gesicht war sowohl weich wie unverschämt, aber die bleiche Haut war gelb jetzt vor Staub, und unter den Augen lagen blaßblaue Schatten. Er trug einen schief herunterbaumelnden alten Koffer, der mit einem Strick verschnürt war.

»'n Abend«, sagte der Bucklige. Er war außer Atem.

Miss Amelia und die Männer auf der Treppe erwiderten seinen Gruß nicht, und auch sonst sagten sie kein Wort. Sie starrten ihn bloß an.

»Ich bin auf der Suche nach Miss Amelia Evans!«

Miss Amelia strich das Haar aus der Stirn und reckte ihr Kinn in die Luft. »Weshalb?«

»Weil ich mit ihr verwandt bin«, sagte der Bucklige.

Die Zwillinge und Stumpy MacPhail blickten zu Miss Amelia auf.

»Die bin ich«, sagte sie. »Aber wieso verwandt?«

»Weil...«, begann der Bucklige.

Er sah unsicher aus, fast als wollte er in Tränen ausbrechen. Er stellte den Koffer auf die unterste Stufe, nahm aber nicht die Hand vom Griff. »Meine Mutter war Fanny Jesup, und sie stammte aus Cheehaw. Vor dreißig Jahren, als sie zum erstenmal geheiratet hat, ist sie aus Cheehaw weggezogen. Ich kann mich noch erinnern, wie sie oft erzählt hat, sie hätte eine Stiefschwester namens Martha. Und in Cheehaw ist mir heute gesagt worden, die Martha wäre Ihre Mutter gewesen.«

Miss Amelia hörte sich die Sache mit leicht abgewandtem Kopf an. Sie nahm ihr Sonntagsessen stets allein ein; nie war ihr Haus von einer Verwandtenschar überfüllt, und sie wollte auch mit niemandem verwandt sein. In Cheehaw hatte sie eine Großtante gehabt, die dort den Mietstall besaß, aber die lebte nicht mehr. Und sonst hatte sie nur noch eine Kusine zweiten Grades, die in einer zwanzig Meilen entfernten Stadt wohnte, doch die Kusine und Miss Amelia kamen nicht gut miteinander aus, und wenn sie sich zufällig auf der Straße begegneten, spuckten sie in den Rinnstein. Von Zeit zu Zeit hatte sich immer mal wieder jemand furchtbar angestrengt, ein Verwandtschaftsverhältnis mit Miss Amelia herauszuklügeln, aber ohne Erfolg.

Der Bucklige ließ ein endloses Geschwätz vom Sta-

pel; er nannte Namen und Ortschaften, die den Zuhö-
rern auf der Veranda unbekannt waren und die mit der
Sache anscheinend gar nichts zu tun hatten. »Fanny
und Martha Jesup waren also Stiefschwestern. Und ich
bin der Sohn von Fannys drittem Mann, und Sie und
ich... wären... also...« Er bückte sich und begann
den Koffer aufzuschnüren. Seine Hände glichen
schmutzigen Spatzenkrallen und sie zitterten. Der
Koffer war mit allem erdenklichen Plunder vollge-
stopft, mit zerlumpten Kleidungsstücken und allerlei
Kram, der wie Nähmaschinenzubehör oder ähnliches,
ebenso wertloses Zeug aussah. Der Bucklige wühlte in
seinen Siebensachen herum und brachte eine alte Photographie zum Vorschein. »Das ist ein Bild von meiner
Mutter und ihrer Stiefschwester.«

Miss Amelia sagte nichts. Ihr Unterkiefer mahlte
langsam hin und her, und ihrem Gesicht war anzusehen, an was sie dachte. Stumpy MacPhail nahm die
Photographie und hielt sie ans Licht. Es war ein Bild
von zwei blassen, ausgemergelten kleinen Kindern, die
etwa zwei und drei Jahre alt sein mochten. Die Gesichter waren nichts weiter als kleine weiße Kleckse, so daß
es eine alte Photographie aus irgendeinem beliebigen
Familienalbum hätte sein können.

Stumpy MacPhail gab das Bild ohne eine Bemerkung
zurück. Dann fragte er: »Wo kommen Sie her?«

Die Stimme des Buckligen klang unsicher. »Ich war
auf Reisen.«

Miss Amelia sagte noch immer nichts. Sie stand an den Türpfosten gelehnt und blickte auf den Buckligen hinunter. Henry Macy zwinkerte nervös und rieb sich die Hände. Dann erhob er sich von der untersten Stufe und ging wortlos weg. Er war eine gute Seele, und die Lage des Buckligen rührte ihn. Daher wollte er nicht bleiben und mit ansehen müssen, wie Miss Amelia den Neuankömmling von ihrer Tür fortjagte und zur Stadt hinaustrieb. Der Bucklige stand neben seinem offenen Koffer auf der untersten Stufe; er zog seine Nase hoch, und sein Mund zuckte. Vielleicht begriff er allmählich, in welcher Patsche er steckte. Er mochte wohl ahnen, wie schlimm man dran war, wenn man in dieser Stadt als Fremder mit einem Koffer voll Plunder erschien und behauptete, mit Miss Amelia verwandt zu sein. Jedenfalls sank er auf die Treppe und begann plötzlich zu weinen.

Es war kein alltägliches Ereignis, daß ein unbekannter Buckliger um Mitternacht vor dem Laden erschien und sich dann hinsetzte und weinte. Miss Amelia strich sich die Haare aus der Stirn, und die Männer warfen einander unbehagliche Blicke zu. In der Stadt ringsum herrschte völlige Stille.

Schließlich rief einer von den Zwillingen: »Der Teufel soll mich holen, wenn das nicht ein waschechter Morris Finestein ist!«

Jedermann nickte und gab ihm recht, denn der Ausdruck hatte seine besondere Bedeutung. Doch der

Bucklige schluchzte nur noch lauter, da er ja nicht wissen konnte, was sie meinten. Morris Finestein war ein Mann, der vor vielen Jahren in der Stadt gewohnt hatte. Er war bloß ein quecksilbriger, herumfuchtelnder kleiner Jude gewesen, der jedesmal losheulte, wenn man ihn Christusmörder nannte, und der jeden Tag Weißbrot und Büchsenlachs aß. Später hatte er Pech gehabt und war nach Society City gezogen. Aber wenn sich seither ein Mann wie ein Waschlappen benahm oder wenn er weinte, dann wurde der Mann Morris Finestein genannt.

»Immerhin ist er verkrüppelt«, sagte Stumpy Mac-Phail. »Er hat Grund zum Jammern.«

Mit ein paar langsamen, schwerfälligen Schritten überquerte Miss Amelia die Veranda. Sie ging die Treppe hinunter, blieb stehen und betrachtete den Fremden nachdenklich. Behutsam tippte sie ihm mit ihrem langen, braunen Zeigefinger auf den Buckel. Der Bucklige weinte immer noch, doch war er jetzt ruhiger. Die Nacht war still, und der Mond streute sein sanftes, klares Licht aus; es wurde kühler. Dann tat Miss Amelia etwas ganz Ungewöhnliches: sie zog eine Flasche aus ihrer Hosentasche, wischte mit der Hand über die Öffnung und reichte sie dem Bucklingen zum Trinken. Miss Amelia ließ sich selten dazu bewegen, ihren Branntwein auf Kredit zu verkaufen, und daß sie auch nur einen einzigen Tropfen umsonst hergegeben hätte – das hatte man fast noch nie bei ihr erlebt.

»Trink!« sagte sie. »Das wird dir wieder auf die Beine helfen.«

Der Bucklige hörte auf zu weinen, leckte sich säuberlich die Tränen von der Oberlippe und tat, was sie ihm befohlen hatte. Als er fertig war, nahm Miss Amelia einen kleinen Schluck, wärmte und spülte sich damit den Mund, spuckte ihn wieder aus und trank dann selber. Die Zwillinge und der Vorarbeiter hatten ihre eigene Flasche, für die sie bezahlt hatten.

»Das nenn ich einen Whisky!« rief Stumpy Mac-Phail. »Ich kann mich nicht erinnern, Miss Amelia, daß er Ihnen jemals danebengeraten ist.«

Der Whisky, den sie an jenem Abend tranken (zwei große Flaschen), spielt eine wichtige Rolle. Sonst wäre es schwierig, zu erklären, was hinterher geschah. Ohne den Whisky hätte es vielleicht nie ein Café gegeben. Denn Miss Amelias selbstgebrannter Whisky ist von ganz besonderer Art. Er brennt auf der Zunge, rein und scharf; hat man ihn aber geschluckt, dann wärmt er einem noch lange das Herz. Und das ist nicht alles. Bekanntlich bleibt eine Botschaft, die mit Zitronensaft auf ein sauberes Blatt Papier geschrieben wurde, völlig unsichtbar; wird jedoch das Papier einen Augenblick ans Feuer gehalten, dann werden die Buchstaben braun, und ihr Sinn tritt klar hervor. Stellt euch nun vor, der Whisky sei das Feuer und die Botschaft sei das, was nur unserem innersten Herzen bekannt ist – dann seht ihr ein, wie wertvoll Miss Amelias Branntwein ist. Dinge, die uns bis dahin verborgen waren, Gedanken, die in den hintersten Winkel unsres dunkeln Geistes verdrängt worden waren, werden plötzlich erkannt und begriffen. Ein Spinner, der nur an seine Spinnmaschine gedacht hat, an seinen Henkelmann, sein Bett und wieder an seine Spinnmaschine, trinkt vielleicht mal am Sonntag von ihrem Whisky und sieht unterwegs eine Sumpflilie. Und er wird die Blüte in die Hand nehmen, wird den goldenen, kunstvollen Blütenkelch betrachten, und plötzlich trifft ihn ihre Lieblichkeit – so heftig wie ein Schmerz. Und ein Weber blickt vielleicht unversehens auf und sieht zum erstenmal den kalten, unheimlichen Glanz des mitternächtlichen Januarhimmels, und in tiefem Erschrecken ob seiner eigenen Winzigkeit stockt ihm fast der Herzschlag. Solche Dinge also können einem widerfahren, wenn man Miss Amelias Whisky getrunken hat: Man kann leiden, oder man kann vor Freude vergehen – das Erlebnis hat einem die Wahrheit enthüllt; man hat sich die Seele erwärmt und die in ihr verborgene Botschaft erkannt.

Sie tranken, bis es nach Mitternacht war und der Mond sich umwölkte, so daß die Nacht kalt und düster wurde. Der Bucklige saß immer noch auf der untersten Stufe, unglücklich zusammengekrümmt und die Stirn auf den Knien. Miss Amelia hatte den einen Fuß auf die zweitunterste Treppenstufe gestellt und stand so, die Hände in den Taschen. Sie hatte sehr lange geschwiegen. Ihr Gesicht hatte einen Ausdruck, den man oft an leicht schielenden Menschen beobachten kann, wenn sie in tiefes Nachdenken versunken sind: es ist ein Blick, der sowohl sehr weise wie auch ganz verrückt wirkt. Endlich sagte sie zu ihm: »Ich weiß nicht mal, wie du heißt.«

»Ich bin Lymon Willis«, gab der Bucklige zur Antwort.

»Also gut, komm rein«, sagte sie. »Es steht noch ein Rest vom Abendbrot in der Röhre, den kannst du essen.«

Nur sehr selten in ihrem Leben hatte Miss Amelia einen Gast zum Essen eingeladen, falls sie nicht gerade plante, ihn irgendwie hereinzulegen oder ihm Geld aus der Nase zu ziehen. Daher fanden die Männer auf der Treppe, daß etwas nicht stimmen könne. Später sprachen sie miteinander darüber und meinten, sie müsse bereits den größten Teil des Nachmittags draußen im Sumpf getrunken haben. Jedenfalls ging sie ins Haus, und Stumpy MacPhail und die Zwillinge begaben sich auf den Heimweg. Sie verriegelte die Haustür und sah sich um, ob alles in Ordnung sei. Dann ging sie in die Küche, die hinter dem Laden lag. Der Bucklige folgte ihr und schleppte seinen Koffer hinter sich her; er schnupfte auf und wischte sich an dem schmutzigen Ärmel die Nase ab.

»Setz dich«, sagte Miss Amelia. »Ich will nur aufwärmen, was übriggeblieben ist.«

Es war ein gutes Mahl, das sie in jener Nacht gemeinsam zu sich nahmen. Miss Amelia war reich und knau-
serte nie am Essen. Es gab Brathuhn (die Bruststücke
legte sich der Bucklige auf seinen Teller), Rübenbrei,
Kohlsalat und heiße, blaßgoldene Süßkartoffeln. Miss
Amelia aß bedächtig und ›mit Verstand‹ – wie ein
Landarbeiter. Sie hatte beide Ellbogen aufgestützt und
beugte sich über den Teller; die Beine waren gespreizt,
die Füße hatte sie hinter den Stuhlsprossen eingehakt.
Der Bucklige dagegen schlang sein Essen in sich hinein,
als habe er seit Monaten nichts Eßbares zu riechen
bekommen. Während der Mahlzeit lief noch eine Träne
die unsaubere Wange hinab, doch es war nur ein kleiner
Nachzügler, der nichts weiter zu bedeuten hatte. Die
Lampe auf dem Tisch war gut geputzt und brannte am
Dochtrand ringsum mit bläulicher Flamme; sie verbreitete ein heiteres Licht in der Küche. Als Miss
Amelia ihren Teller geleert hatte, wischte sie ihn sorgfältig mit einem Stückchen Weißbrot ab und goß sich
dann etwas von ihrem selbstgemachten, klaren Sirup
über das Brot. Der Bucklige machte es ihr nach – nur
war er anspruchsvoller und bat um einen frischen
Teller. Als Miss Amelia fertiggegessen hatte, kippte sie
ihren Stuhl etwas hintenüber, ballte die Faust und
betastete mit der anderen Hand den starken, geschmeidigen Muskel ihres rechten Armes unter dem sauberen
blauen Stoff des Ärmels – eine ihr unbewußte Gewohn-
heit am Schluß jeder Mahlzeit. Dann nahm sie die

Lampe vom Tisch und deutete mit einer Kopfbewegung zur Treppe – als Aufforderung an den Buckligen, ihr zu folgen.

Über dem Laden waren die drei Zimmer, in denen Miss Amelia ihr Leben lang gewohnt hatte: zwei Schlafzimmer und dazwischen ein großes Wohnzimmer. Nur wenige Menschen hatten die Zimmer je gesehen, doch war es allgemein bekannt, daß sie gut möbliert und äußerst sauber waren. Und nun nahm Miss Amelia einen schmutzigen, buckligen kleinen Fremden mit nach oben, der von Gott weiß woher gekommen war. Miss Amelia stieg langsam zwei Stufen auf einmal nehmend die Treppe hinauf und hielt dabei die Lampe in die Höhe. Der Bucklige folgte ihr so dicht auf den Fersen, daß im schwankenden Lampenschimmer nur ein einziger großer, verzerrter Schatten durchs Treppenhaus zog. Bald lagen die Räume über dem Laden ebenso dunkel da wie die übrige Stadt.

Der nächste Morgen begann klar und schön mit einem Sonnenaufgang aus warmen Purpur- und Rosa-Schattierungen. Auf den Feldern rings um die Stadt wurden frische Furchen gepflügt, und die Pächter waren schon sehr früh emsig an der Arbeit, die jungen dunkelgrünen Tabakpflanzen zu setzen. Krähen strichen in Scharen niedrig über die Felder hin und warfen flinke blaue Schatten aufs Land. Die Arbeiter im Städtchen brachen frühzeitig mit ihrem Henkelmann auf, und die Fenster der Baumwollspinnerei blinkten golden in der Sonne. Die Luft war frisch, und die blühenden Pfirsichbäume waren licht wie Märzwölkchen.

Miss Amelia kam wie üblich im Morgengrauen nach unten. Sie wusch sich unter der Pumpe das Gesicht und machte sich bald danach an die Arbeit. Im Laufe des Vormittags sattelte sie das Maultier und besichtigte ihre Baumwollfelder an der Forks Falls Road. Bis zur Mittagsstunde hatten natürlich alle Leute von dem Buckligen gehört, der mitten in der Nacht vor dem Laden erschienen war. Doch gesehen hatte ihn bis jetzt noch niemand. Es wurde ein heißer Tag, und der Himmel war von einem tiefen und mittäglichen Blau. Noch immer hatte kein Mensch den fremden Gast zu sehen bekommen. Ein paar Leute erinnerten sich, daß Miss Amelias Mutter eine Stiefschwester gehabt hatte – doch waren die Meinungen geteilt, ob sie gestorben oder mit einem Plantagenarbeiter davongelaufen sei. Was die Ansprüche des Buckligen betraf, so hielt jedermann sie für einen gut erfundenen Schwindel. Und weil die Stadt Miss Amelia kannte, war sie überzeugt, daß sie dem Fremden zu essen gegeben und ihn dann fortgeschickt hatte. Doch gegen Abend, als der Himmel sich weißlich färbte und die Tagschicht beendet war, behauptete eine Frau, am Fenster eines Zimmers über dem Laden ein schiefes Gesicht gesehen zu haben. Miss Amelia sagte nichts darüber. Sie arbeitete ein Weilchen im Laden, stritt sich mit einem Farmer eine Stunde lang wegen eines Pflugbaums, flickte den Drahtzaun auf dem Hühnerhof, schloß gegen Sonnenuntergang alles ab und ging in ihre Wohnung hinauf. Die Stadt war völlig verblüfft und man redete über nichts anderes mehr.

Am nächsten Tag wurde der Laden überhaupt nicht geöffnet; Miss Amelia blieb im Haus und war nicht zu sprechen. An jenem Tag nun kam das Gerücht auf – ein so schreckliches Gerücht, daß Stadt und Land entsetzt waren. Ein Weber namens Merlie Ryan hatte es in Umlauf gesetzt, ein ganz unbedeutender Mensch, der gelbhäutig und schlaksig ist und keine Zähne mehr hat. Er leidet an der Drei-Tage-Malaria, das heißt, jeden dritten Tag bekommt er Fieber. Zwei Tage lang ist er matt und mürrisch, aber am dritten Tag lebt er auf und hat manchmal ein oder zwei Einfälle, von denen die meisten dumm sind. Und während Merlie Ryan seinen Fieberanfall hatte, fuhr er plötzlich auf und sagte:

»Ich weiß, was Miss Amelia getan hat. Sie hat den Fremden umgebracht, weil er etwas in seinem Koffer hatte.«

Er sagte es mit ruhiger Stimme, als stellte er einfach eine Tatsache fest. Innerhalb einer Stunde war die Sache stadtbekannt. Es war eine wüste und widerliche Geschichte, die das Städtchen sich nun zusammen-braute, und nichts fehlte, was das Herz schaudern macht: ein Buckliger, ein mitternächtliches Begräbnis im Sumpf, Miss Amelia durch die Straßen geschleift,

auf dem Weg zum Gefängnis, Zank und Streit wegen
ihrer Hinterlassenschaft – und all das mit raunender
Stimme erzählt und mit neuen, gruseligen Einzelheiten
weitererzählt. Es regnete, und die Frauen vergaßen, die
Wäsche von der Leine zu holen. Ein oder zwei arme
Schlucker, die Miss Amelia Geld schuldeten, erschienen sogar im Sonntagsstaat, als wäre es ein Feiertag.
Auf der Hauptstraße standen die Leute in Gruppen,
klatschten und behielten den Laden im Auge.

Es wäre nicht der Wahrheit entsprechend, wollte
man behaupten, daß die ganze Stadt sich an dem üblen
Scherz beteiligte. Ein paar vernünftige Männer meinten, daß die reiche Miss Amelia sich nicht bemühen
würde, einen Landstreicher wegen ein bißchen Trödel-
kram umzubringen. Im Städtchen lebten sogar drei
redliche Leute, die von dem Verbrechen überhaupt
nichts wissen wollten, so interessant es sein und soviel
Aufregung es mit sich bringen mochte. Ihnen bereitete
es durchaus keine Freude, sich Miss Amelia vorzustel-
len, wie sie sich im Zuchthaus an die Gitterstäbe klam-
merte und hinterher in Atlanta den elektrischen Stuhl
bestieg. Diese guten Leute beurteilten Miss Amelia
anders, als ihre Mitbürger es taten. Wenn ein Mensch
so anders geartet ist und wenn seine Vergehen sich so
angesammelt haben, daß man sich kaum noch gleichzeitig an alle erinnern kann, dann muß ein solcher
Mensch auch auf besondere Art beurteilt werden. Die
Leute erinnerten sich, daß Miss Amelia mit dunkler

Haut und etwas eigentümlichem Gesicht auf die Welt kam, daß sie, mutterlos, von ihrem Vater, einem Einzelgänger, aufgezogen wurde und in früher Jugend so in die Höhe schoß, bis sie einen Meter fünfundachtzig maß, was schon an sich für eine Frau gar nicht natürlich ist, und daß ihre Gewohnheiten und Lebensumstände zu merkwürdig waren, um auch nur darüber zu diskutieren. Vor allem erinnerten sie sich an ihre seltsame Ehe, denn ein so unglaublicher Skandal hatte sich noch nie im Städtchen ereignet.

Daher empfanden die redlichen Leute der Stadt ihr gegenüber so etwas wie Mitleid. Und wenn Miss Amelia eine ihrer verrückten Unternehmungen durchführte – etwa in ein Haus eindrang, um wegen einer nichtbezahlten Schuld die Nähmaschine wegzuschleppen – oder wenn sie wegen einer Gerichtssache in maßlose Wut geriet, dann hegten sie ihr gegenüber ein Gefühl, das sich aus Erbitterung, einem komischen kleinen Lachreiz und einer tiefen, unnennbaren Traurigkeit zusammensetzte. Doch genug von diesen redlichen Leuten, denn es waren ihrer nur drei; für die übrige Stadt war das erfundene Verbrechen ein Spaß, der den ganzen Nachmittag dauerte.

Aus irgendeinem eigentümlichen Grund schien Miss Amelia das alles gar nicht zu bemerken. Sie verbrachte fast den ganzen Tag oben in ihrer Wohnung. War sie aber unten im Laden, dann schlenderte sie friedlich umher, die Hände tief in den Taschen ihres Overalls und den Kopf so nachdenklich gesenkt, daß ihr Kinn fast im Hemdkragen steckte. Sie hatte nicht den kleinsten Blutspritzer an sich. Oft blieb sie stehen und blickte einfach auf die Ritzen im Fußboden, wickelte sich eine Locke ihres kurzgeschnittenen Haares um den Finger und flüsterte vor sich hin. Doch den größten Teil des Tages verbrachte sie oben.

Die Dunkelheit brach an. Der Regen am Nachmittag hatte die Luft abgekühlt, so daß der Abend so rauh und unfreundlich wie im Winter war. Es standen keine Sterne am Himmel, und ein leiser, eiskalter Sprühregen fiel nieder. Die Lampen in den Häusern glichen, von draußen, traurig flackernden Kreisen. Ein Wind war aufgekommen, der aber nicht vom Sumpf, sondern vom kalten, schwarzen Kiefernwald nördlich der Stadt herwehte.

Die Uhren im Städtchen schlugen acht. Noch immer hatte sich nichts ereignet. Nach dem grausamen Geschwätz des Tages hatte die frostige Nacht einigen Leuten Angst gemacht, und sie blieben zu Hause beim Kaminfeuer. Andere standen in Gruppen herum. Etwa acht bis zehn Männer hatten sich auf der Veranda vor Miss Amelias Laden eingefunden. Sie sprachen nicht und taten nichts weiter als warten. Sie wußten nicht, worauf sie warteten, aber es ist nun einmal so: in Zeiten allgemeiner Spannung, wenn ein großes Ereignis bevorsteht, versammeln sich die Leute so und warten. Und nach einiger Zeit kommt ein Augenblick, wo alle gemeinsam zur Tat schreiten – nicht aus Überlegung oder weil ein einzelner es so will, sondern als wären all die verschiedenen Impulse zusammengeflossen, denn dann geht die Entscheidung nicht vom einzelnen aus, sondern von der Gruppe als einem Ganzen. In einem solchen Moment kennt auch der einzelne kein Zaudern mehr. Und ob die Sache friedlich beigelegt wird oder ob das gemeinsame Vorgehen sich zur Plünderung, Gewalttat und Verbrechen steigert, hängt nur von den Umständen ab. Die Männer warteten also ruhig auf der Veranda vor Miss Amelias Laden, und nicht einer war sich im klaren, was sie tun würden; doch innerlich spürten sie, daß sie warten mußten und daß die Zeit schon beinahe reif war.

Die Ladentür stand jetzt offen. Innen sah es hell und ganz wie immer aus. Linker Hand war der Ladentisch, auf dem Schweinefleisch, Kandiszucker und Tabak ausgestellt waren. Dahinter befanden sich die Regale mit Pökelfleisch und Maismehl. Die rechte Seite des Ladens nahmen zum größten Teil landwirtschaftliche Geräte und dergleichen ein. Links hinten war eine Tür, die zur Treppe führte, und sie stand ebenfalls offen. Ganz rechts war noch eine Tür, die zu einem kleinen Raum führte, den Miss Amelia ihr Büro nannte. Auch diese Tür stand offen. Und um acht Uhr konnte man Miss Amelia vor ihrem Rollschreibtisch sitzen sehen, wie sie mit Füllfederhalter und Papier allerlei berechnete.

Das Büro war freundlich erhellt, und Miss Amelia schien die Delegation auf der Veranda nicht zu sehen. Um sie her herrschte, wie üblich, die größte Ordnung. Ihr Büro war ein Raum, der im ganzen Distrikt wohlbekannt und gefürchtet war. Hier vollzog Miss Amelia alle ihre Geschäfte. Auf dem Schreibtisch stand eine sorgsam zugedeckte Schreibmaschine, mit der sie zwar umzugehen wußte, die sie jedoch nur für die wichtigsten Dokumente benutzte. In den Schubfächern lagen buchstäblich Tausende von Schriftstücken, und alle waren alphabetisch in Ordnern untergebracht. Hier im Büro empfing Miss Amelia auch Kranke, denn sie spielte gern den Arzt und tat es oft. Zwei ganze Regale hatte sie mit Flaschen und allem möglichen Apothekerkram vollgestellt. Sie konnte eine Wunde mit einer ausgeglühten Nadel vernähen, ohne daß sich die Wunde verfärbte. Gegen Verbrennungen hatte sie einen kühlenden Sirup. Für Krankheiten, die nicht lokalisiert werden konnten, besaß sie eine Unzahl der verschiedensten Heilmittel, die sie alle nach geheimen Rezepten selber gebraut hatte. Sie förderten die Verdauung so gut, daß sie kleinen Kindern nicht gegeben werden konnten, weil sie üble Krämpfe hervorriefen. Für Kinder hatte sie einen anderen Trank, der mild und schön süß war. Ja, alles in allem galt sie als eine gute Ärztin. Obwohl ihre Hände groß und knochig waren, besaß sie doch eine ›leichte Hand‹. Sie hatte das richtige Einfühlungsvermögen und wandte hunderterlei Heilmetho-

den an. Selbst vor der gefährlichsten und ungewöhn-
lichsten Behandlung schreckte sie nicht zurück, und
keine Krankheit war so schrecklich, daß sie sich nicht
an deren Heilung gewagt hätte. Hierbei gab es nur eine
einzige Ausnahme: wenn Patientinnen mit einem Frau-
enleiden zu ihr kamen, konnte sie nichts dagegen tun.
Schon bei der bloßen Erwähnung der Ausdrücke stieg
ihr langsam eine dunkle Schamröte ins Gesicht, und sie
stand da und verrenkte sich den Hals im Hemdkragen
oder rieb die Schaftstiefel aneinander und glich genau
einem großen, verschämten und eingeschüchterten
Kind. Doch sonst vertrauten ihr die Leute völlig. Sie
verlangte keinerlei Honorar und hatte stets eine Menge
Patienten.

An jenem Abend hatte Miss Amelia sehr viel mit
ihrem Füller zu erledigen. Trotz alledem konnte sie die
Männer, die draußen auf der dunklen Veranda warteten und sie beobachteten, nicht ewig übersehen. Von
Zeit zu Zeit blickte sie auf und sah sie fest an. Aber sie
rief ihnen nicht zu, weshalb sie denn wie eine klägliche
Bande von Schwachköpfen vor ihrer Haustür herum-
lungerten. Ihr Gesicht war stolz und streng, wie immer, wenn sie im Büro am Schreibtisch saß. Nach einer
Weile schien sie es als lästig zu empfinden, daß sie so
hereinglotzten. Sie wischte sich mit einem roten Taschentuch über die Wange, erhob sich und schloß die
Bürotür.

Auf die Gruppe vor der Tür wirkte dies wie ein

Signal. Der Augenblick war da. Sie hatten lange genug gestanden, hinter sich die rauhe Nacht und die düstere Straße. Sie hatten lange genug gewartet, und genau in diesem Augenblick erfaßte sie der Wille zum Handeln. Wie von einem einzigen Willen getrieben, betraten sie den Laden. Die acht Männer sahen einander in jenem Augenblick sehr ähnlich: alle trugen blaue Overalls, die meisten hatten weißliches Haar, alle waren blaß, und alle hatten einen verträumt-entschlossenen Ausdruck im Auge. Was sie als nächstes getan hätten, vermag keiner zu sagen. Doch da drang von oben von der Treppe her ein Geräusch an ihr Ohr. Die Männer blickten auf – und erstarrten vor Schreck. Es war der Bucklige, den sie in Gedanken schon ermordet hatten. Obendrein sah das Geschöpf durchaus nicht so aus, wie es ihnen geschildert worden war: es war kein kläglicher und schmutziger kleiner Schwätzer, der bettelarm und allein in der Welt stand. Es war viel-ein Lebewesen, wie es bis dahin noch keiner von ihnen je erblickt hatte. Im Laden wurde es toten-still.

Der Bucklige kam langsam und mit dem Stolz eines Menschen, dem jede Diele unter seinem Fuß gehört, die Treppe herunter. In den letzten zwei Tagen hatte er sich sehr verändert. Vor allem war er makellos sauber. Er trug noch seine lange Jacke, doch sie war gebürstet und ordentlich geflickt. Darunter sah ein frisches, rot-schwarz kariertes Hemd hervor, das Miss Amelia gehörte. Er trug auch keine Hose, wie sie die Männer im allgemeinen tragen, sondern knapp sitzende Breeches. Seine dürren Beine steckten in schwarzen Kniestrümpfen; die Schuhe waren von besonders eigentümlicher Form, bis über die Knöchel hinauf zugeschnürt und frisch geputzt und gewichst. Um den Hals hatte er einen Schal gelegt, und zwar so, daß seine großen, blassen Ohren beinahe völlig darin verschwanden – einen Schal aus lindgrüner Wolle, dessen Fransen fast den Boden berührten.

Der Bucklige stelzte mit steifen Schrittchen hinunter in den Laden und pflanzte sich dann mitten in der Gruppe auf, die zur Tür hereingekommen war. Die Männer rückten etwas von ihm ab, standen mit lose herabhängenden Händen da und betrachteten ihn mit aufgerissenen Augen. Der Bucklige nahm auf seltsame Art von allem Kenntnis. Mit der größten Ruhe musterte er jeden einzelnen in Augenhöhe, das heißt, seiner eigenen Augenhöhe, die der Gürtelhöhe eines normalen Mannes entsprach. Von dort glitten seine prüfenden Blicke in schlauer Unverfrorenheit bis zu den tieferen Regionen jeden Mannes. Wenn er lange genug hingeschaut hatte, schloß er eine Sekunde die Augen und schüttelte den Kopf, als ob mit dem, was er gesehen hatte, seiner Ansicht nach nicht viel los war. Selbstsicher legte er dann den Kopf in den Nacken und ließ seine Augen, wie um sich seine Ansicht zu bestätigen, mit einem einzigen Rundblick über den hellen

Gesichterkranz schweifen. Auf der linken Seite des Ladens stand ein halbvoller Sack Guano, und der Bucklige setzte sich darauf, nachdem er von allem Kenntnis genommen hatte. In gemütlicher Stellung, die Beinchen übereinandergeschlagen, holte er einen Gegenstand aus seiner Tasche. Nun hatte es aber ein paar Minuten gedauert, bis die Männer im Laden ihr Gleichgewicht wiedergefunden hatten. Merlie Ryan, der Mann mit dem Drei-Tage-Fieber, der am Nachmittag das Gerücht aufgebracht hatte, ergriff als erster das Wort. Er blickte den Gegenstand an, mit dem der Bucklige verliebt spielte, und fragte mit gedämpfter Stimme: »Was haben Sie da?«

Jeder wußte genau, was der Bucklige da in der Hand hielt, denn es war die Tabaksdose, die Miss Amelias Vater gehört hatte. Sie war aus blauer Emaille, mit feinen goldenen Verzierungen auf dem Deckel. Die Männer kannten sie gut und staunten. Sie spähten vorsichtig zur geschlossenen Bürotür hinüber und hörten, wie Miss Amelia leise vor sich hinpfiff.

»Ja, was ist denn das, Peanut?«

Der Bucklige blickte schnell hoch und verzog den Mund zum Sprechen. »Oh, das ist eine kleine Falle, mit der man Störenfriede fängt!«

Der Bucklige faßte mit fahrigen kleinen Fingern in die Dose und steckte sich etwas in den Mund, doch bot er keinem der Umstehenden etwas an. Es war nämlich gar kein Schnupftabak, sondern eine eigene Mischung

31

aus Kakao und Zucker. Er benutzte sie wie Kautabak, indem er eine kleine Prise hinter die Unterlippe steckte und mit einer raschen Bewegung seiner Zunge daran schleckte, was sein Gesicht jedesmal zu einer Fratze verzerrte.

»Ich hab immer so einen sauren Geschmack von meinen Zähnen«, erklärte er. »Deshalb muß ich einen süßen Priem nehmen.«

Die Männer standen noch immer herum und fühlten sich etwas betreten und verdutzt. Dieses Gefühl wollte durchaus nicht weichen, doch wurde es bald durch ein anderes gemildert: durch eine vertraute, ja eine unbestimmt festliche Stimmung im Raum. Die an jenem Abend versammelten Männer hießen folgendermaßen: Hasty Malone, Robert Calvert Hale, Merlie Ryan, Reverend T. M. Willin, Rosser Cline, Rip Wellborn, Henry Ford Crimp und Horace Wells. Bis auf den Geistlichen, den Reverend Willin, glichen sie sich alle in mancher Hinsicht, wie bereits erwähnt: alle hatten an dem oder jenem ihre Freude, alle hatten geweint und irgendwie gelitten, und die meisten waren ganz umgänglich, falls sie nicht gerade wütend waren. Alle arbeiteten sie in der Baumwollfabrik und wohnten mit andern in einem zwei- oder dreiräumigen kleinen Haus, dessen Miete im Monat zehn oder zwölf Dollar betrug. Alle hatten am Nachmittag ihren Lohn ausbezahlt bekommen, denn es war ein Samstag. Man kann sie sich also einstweilen als eine Einheit vorstellen.

Der Bucklige war jedoch schon dabei, sie zu unterscheiden. Sobald er sich's auf dem Guanosack bequem gemacht hatte, begann er mit jedem zu schwatzen und ihn auszufragen: ob er verheiratet sei, wie alt, wieviel er in einer Durchschnittswoche verdiene und dergleichen mehr, bis er sich zu Fragen vorgetastet hatte, die durchaus vertraulicher Natur waren. Bald mischten sich auch andere Männer aus der Stadt unter die Gruppe, zum Beispiel Henry Macy und ähnliche Tagediebe, die etwas Außergewöhnliches gewittert hatten; und die Frauen kamen, um ihre herumtrödelnden Männer abzuholen, und sogar ein flachshaariges Kind schlich sich auf Zehenspitzen in den Laden, stibitzte eine Schachtel Tierkeks und verdrückte sich unhörbar. Miss Amelias Laden war alsbald überfüllt, doch sie selbst hatte ihre Bürotür noch nicht wieder aufgemacht.

Manche Menschen haben etwas an sich, das sie von den andern, gewöhnlicheren Leuten unterscheidet. Sie besitzen einen Instinkt, den man meistens nur bei Kindern antrifft, ein natürliches Gefühl dafür, zwischen sich und der übrigen Welt einen unmittelbaren und lebendigen Kontakt herzustellen. Der Bucklige war bestimmt auch so veranlagt. Er war noch keine halbe Stunde im Laden, und schon hatte er mit jedem einzelnen Anwesenden Kontakt. Es war so, als hätte er bereits seit Jahren in der Stadt gelebt, sei allgemein bekannt und habe schon unzählige Abende auf dem Guanosack gesessen und geschwatzt. Das, und dazu die Tatsache, daß es ein Samstagabend war, erklärte vielleicht die ungezwungene und ungewohnt heitere Stimmung im Laden. Hinzu kam ein gewisses Spannungsmoment, teils, weil die ganze Lage so seltsam war, und teils, weil Miss Amelia sich noch immer in ihrem Büro eingeschlossen hatte und noch nicht erschienen war.

Um zehn Uhr tauchte sie auf, und wer bei ihrem Auftreten eine Art Drama erwartet hatte, sah sich getäuscht. Sie öffnete die Tür und trat mit ihrem langsamen, schlaksig wiegenden Gang in den Laden. Auf ihrer langen Nase saß seitlich ein Tintenfleck, und um den Hals hatte sie sich das rote Taschentuch gebunden. Sie schien nichts Außergewöhnliches zu bemerken. Ihr grauer, schielender Blick flog zu der Stelle, wo der Bucklige saß, und blieb ein Weilchen auf ihm haften. Die übrigen Anwesenden im Laden betrachtete sie nur mit friedfertiger Überraschung.

»Wer möchte denn bedient werden?« fragte sie sachlich.

Es waren eine Anzahl Kunden da, weil es Samstag abend war, und alle wollten sie Whisky haben. Nun hatte Miss Amelia erst vor drei Tagen hinten bei ihrer Brennerei ein abgelagertes Faß ausgegraben und es in Flaschen abgefüllt. Auch heute nahm sie das Geld ihrer Kunden entgegen und zählte es unter der hellen Lampe. Das war der übliche Vorgang. Doch was danach geschah, wich vom Üblichen ab. Sonst waren die Käufer stets genötigt, außen ums Haus auf den dunklen Hinterhof zu gehen, und sie reichte ihnen die gekaufte Flasche durch die Küchentür. Ein solcher Handel brachte keinerlei Vergnügen. Hatte der Kunde seinen Whisky in Empfang genommen, ging er in die dunkle Nacht hinaus. Falls seine Frau keinen Branntwein im Haus duldete, durfte er sich auf die Vordertreppe setzen und dort oder draußen auf der Straße seine Flasche leerpicheln. Nun gehörten zwar die Vordertreppe und die Straße zu Miss Amelias Anwesen, und wehe dem, der es bezweifelt hätte! Doch sie betrachtete sie nicht als Geschäftslokal: das Geschäftslokal begann an der Vordertür und umfaßte das gesamte Innere des Hauses. Noch nie hatte sie erlaubt, daß dort jemand anders als sie selbst eine Flasche Whisky öffnete oder trank. Jetzt brach sie diese Regel zum erstenmal. Sie ging in die Küche, der Bucklige ihr auf den Fersen, und brachte die Flasche in den warmen, hellen Laden. Außerdem holte sie sogar ein paar Gläser und öffnete zwei Schachteln Salzkeks, die nun einladend in einer flachen Schüssel auf dem Ladentisch standen, und jeder, der wollte, durfte sich umsonst einen Keks nehmen.

Sie sprach mit keinem, nur mit dem Buckligen, und sie fragte ihn bloß mit ihrer etwas rauhen und heiseren Stimme: »Vetter Lymon, willst du deinen Whisky pur oder soll ich ihn dir auf dem Herd in einem Kochtopf mit Wasser etwas anwärmen?«

»Ja, bitte, Amelia«, erwiderte der Bucklige. (Wer übrigens hatte es je gewagt, Miss Amelia ohne jeden Respektstitel bei ihrem bloßen Vornamen anzureden? Sicherlich nicht ihr Bräutigam und Ehemann für zehn Tage. Tatsächlich hatte sich seit dem Tode ihres Vaters, der sie aus irgendeinem Grund stets Kleine rief, keiner je unterstanden, sie so vertraulich anzureden.) »Ja, bitte, ich möchte ihn angewärmt haben!«

Und so kam es zur Gründung des Cafés – es vollzog sich alles ganz einfach und natürlich. Erinnert euch nur, daß der Abend so düster wie im Winter war, und hätte man draußen vor dem Haus sitzen müssen, dann wäre es eine klägliche Einweihungsfeier geworden. Doch drinnen herrschten gesellige Stimmung und freundliche Wärme. Jemand hatte im Ofen hinten das Feuer geschürt, und wer sich eine Flasche Branntwein gekauft hatte, teilte sie mit seinen Freunden. Auch mehrere Frauen waren da, und sie bekamen Lakritzenstangen, ein Nehi oder sogar einen Schluck Whisky. Der Bucklige besaß noch allen Reiz der Neuheit, und jeder hatte seinen Spaß an ihm. Aus dem Büro wurde die Bank herbeigeholt, dazu noch ein paar Stühle. Andere lehnten sich gegen den Ladentisch oder machten es sich auf Fässern und Säcken bequem. Der Ausschank von Branntwein innerhalb des Geschäftslokales hatte keinerlei Unmäßigkeit oder unschickliches Gekicher oder sonstiges schlechtes Betragen zur Folge. Im Gegenteil: die ganze Gesellschaft war so höflich, daß es fast an eine gewisse Scheu grenzte. Denn die Leute in dieser Stadt waren es damals nicht gewohnt, nur um des Vergnügens willen zusammenzukommen. Sie trafen sich bei der Arbeit in der Baumwollspinnerei. Am Sonntag fand zwar stets ein ganztägiger Freiluftgottesdienst statt, und wenn das auch eine Unterhaltung ist, so liegt ihr doch die Absicht zugrunde, den Teilnehmern ein Bild von der Hölle vor Augen zu halten und sie mit Gottesfurcht zu erfüllen. In einem Café aber herrscht ein ganz anderer Geist. Selbst der reichste und geldgierigste alte Gauner wird sich in einem richtigen Café zu benehmen wissen und niemanden beleidigen. Und arme Leute blicken dankbar um sich und tupfen das Salz fein und manierlich auf. Denn zur Atmosphäre eines richtigen Cafés gehören nun einmal Geselligkeit, Befriedigung des Gaumens und eine gewisse Heiterkeit und Anmut des Benehmens. Das alles war der Versammlung in Miss Amelias Café noch nie im Leben gesagt worden, doch sie wußten es von sich aus, obwohl es natürlich bis dahin in der Stadt noch nie ein Café gegeben hatte.

Die Urheberin von alledem, Miss Amelia, stand den größten Teil des Abends an der Tür, die zur Küche führte. Äußerlich schien sie unverändert. Doch vielen Anwesenden fiel ihr Gesicht auf. Sie beobachtete alles, was vorging, aber meistens hafteten ihre Blicke selbstvergessen an dem Buckligen. Er stelzte im Laden umher, nahm eine ›Prise‹ aus seiner Tabaksdose und war gleichzeitig abweisend und liebenswürdig. Aus den Ritzen des Ofens fiel ein rötlicher Schimmer dorthin, wo sie stand, so daß ihr langes braunes Gesicht etwas aufzuleuchten schien. Sie war in sich versunken. In ihrem Ausdruck lagen Schmerz, Verwirrung und unsichere Freude. Ihre Lippen waren nicht so fest zusammengepreßt wie sonst, und sie mußte oft schlucken. Ihre Haut war blasser geworden, und die großen, leeren Hände waren schweißnaß. Ihr Aussehen an jenem Abend glich ganz dem Aussehen einer sehnsüchtig Liebenden.

Die Eröffnung des Cafés nahm gegen Mitternacht ein Ende. Jeder verabschiedete sich freundlich von jedem. Miss Amelia schloß die Vordertür ihres Hauses, vergaß aber, den Riegel vorzuschieben. Bald war alles – die Hauptstraße mit ihren drei Geschäften, die Baumwollspinnerei und die Häuser, und die ganze Stadt – in Dunkel und Stille gehüllt. Und so endeten drei Tage und drei Nächte, in deren Verlauf es zur Ankunft eines Fremden, zu unverhofften Feiertagen und zur Gründung eines Cafés gekommen war.

Nun müssen wir einige Zeit verstreichen lassen. In den nächsten vier Jahren passierte nicht viel Neues. Große Veränderungen finden statt, aber sie vollziehen sich Schritt für Schritt, und jeder einzelne dieser Schritte scheint an und für sich nicht weiter bedeutsam. Der Bucklige wohnte auch weiterhin bei Miss Amelia. Das

Café vergrößerte sich allmählich. Miss Amelia begann, ihren Whisky glasweise auszuschenken, und im Laden wurden ein paar Tische aufgestellt. Jeden Abend fanden sich Gäste ein, und sonntags war es immer gesteckt voll. Miss Amelia begann, abends Tellergerichte mit gebratenem Katzenwels zu servieren, den Teller für fünfzehn Cent. Der Bucklige beschwatzte sie, ein schönes Pianola anzuschaffen. Nach zwei Jahren hatte sich der ehemalige Laden in ein Café umgewandelt, das jeden Abend von sechs Uhr bis Mitternacht geöffnet war.

Abend für Abend kam der Bucklige mit der Miene eines Menschen, der eine hohe Meinung von sich hat, die Treppe herunter. Er roch immer ein wenig nach Rübenblättern, da Miss Amelia ihn abends und morgens mit Kraftbrühe einrieb, um ihn etwas zu stärken. Sie verwöhnte ihn maßlos und unvernünftig, doch nichts schien ihn wirklich zu kräftigen. Von der guten Kost wurden sein Kopf und sein Buckel nur noch größer, während der übrige Körper schwächlich und mißgestaltet blieb. Miss Amelia war in ihrer äußeren Erscheinung stets die gleiche. Alltags trug sie ihre Schaftstiefel und einen Overall, und sonntags zog sie ein dunkelrotes Kleid an, das merkwürdig komisch an ihr herunterhing.

Ihr Verhalten und ihre Lebensgewohnheiten hatten sich jedoch einschneidend verändert. Noch immer liebte sie einen heftigen Rechtsstreit, doch war sie nicht mehr so darauf aus, ihre Mitmenschen zu betrügen oder grausame Forderungen einzutreiben. Weil der Bucklige so vergnügungssüchtig war, ging sie sogar ein wenig mit ihm aus: zu Erweckungspredigten, zu Begräbnissen und so weiter. Ihre Heilbehandlungen waren so erfolgreich wie immer, ihr Branntwein sogar noch besser als früher, falls das überhaupt möglich war. Das Café erwies sich als einträglich und war die einzige Vergnügungsstätte auf Meilen in der Runde.

Vergegenwärtigt euch nun einstweilen diese Jahre mit Hilfe einiger unzusammenhängender Bilder! Seht den Bucklingen, wie er in Miss Amelias Fußstapfen tritt, wenn sie an einem roten Wintermorgen zur Jagd in den Kiefernwald ziehen! Seht sie, wie sie auf Miss Amelias Grund und Boden zusammen arbeiten – wobei Vetter Lymon dasteht und rein gar nichts tut, jedoch rasch bei der Hand ist, einen ihrer Arbeiter der Faulheit zu beschuldigen. An den Herbstnachmittagen sitzen sie meistens auf der Hoftreppe und zerkleinern Zuckerrohr. Die grellen Sommertage verbringen sie hinten im Sumpf, wo die Wasserzypressen ein tiefes Dunkelgrün bilden und wo unter dem Gewirr der Sumpfbäume ein schläfriges Dämmerlicht herrscht. Seht Miss Amelia, wenn der Weg übers Moor oder über einen schwärzlichen Graben führt, wie sie sich dann bückt, um Vetter Lymon auf den Rücken zu nehmen, und seht sie durchs Wasser waten, mit dem Bucklingen huckepack auf den Schultern, wie er sich an ihren Ohren oder an ihrer starken Stirn festhält! Gelegentlich kurbelte Miss Amelia auch den Ford an, den sie gekauft hatte, und führte Vetter Lymon zu einer Filmvorstellung nach Cheehaw oder zu einem noch weiter entfernten Jahrmarkt oder Hahnenkampf, da der Bucklige sich leidenschaftlich für Vorführungen jeder Art begeisterte. Natürlich waren sie jeden Vormittag im Café, und oft saßen sie stundenlang oben im Wohnzimmer am Kamin. Denn der Bucklige fühlte sich nachts nicht wohl und hatte Angst, dazuliegen und in die Finsternis zu blicken. Eine ungeheure Furcht vor dem Sterben verfolgte ihn, und Miss Amelia wollte ihn nicht allein lassen und diesen Ängsten preisgeben. Man könnte sich sogar vorstellen, daß sie ihr Café hauptsächlich seinetwegen so ausbaute, denn es verschaffte ihm Vergnügen und Geselligkeit und half ihm, die lange Nacht zu verkürzen.

Von diesen Einzelbildern könnt ihr euch also eine Gesamtvorstellung jener Jahre machen. Und für den Augenblick laßt es auf sich beruhen.

Für dieses Verhalten bin ich euch nun aber eine Erklärung schuldig. Es wird allmählich Zeit, von Liebe zu sprechen. Denn Miss Amelia liebte den Vetter Lymon. Davon war jedermann überzeugt. Sie wohnten im gleichen Haus, und nie sah man einen ohne den andern. Daher lebten die beiden – laut Mrs. MacPhail, einer warzennasigen alten Klatschbase, die ihre paar kläglichen Möbelstücke dauernd von einer Wand ihres Vorderzimmers zur andern rückt – laut ihr also (und noch ein paar anderen) lebten die beiden in Sünde. Falls sie verwandt waren, so nur um ein paar Ecken, und selbst das ließ sich nicht beweisen. Miss Amelia war nun zwar ein gewaltiges Trampeltier und mindestens einen Meter fünfundachtzig groß, und Vetter Lymon war ein schwächlicher kleiner Krüppel, der ihr nur bis zum Gürtel reichte. Doch gerade das paßte Mrs. MacPhail und ihren Busenfreundinnen um so mehr, denn sie und ihresgleichen schwelgen in Gedanken an jede ungleiche und klägliche Verbindung. Wohl bekomms' ihnen! Die wenigen redlichen Leute in der Stadt fanden, wenn die beiden ein fleischliches Vergnügen aneinander hätten, dann sei das eine Angelegenheit, die nur sie und Gott etwas anging; doch alle vernünftigen Leute waren wegen einer solchen Vermutung der gleichen Ansicht und hielten ihr ein schlichtes, entschiedenes Nein entgegen. Um was für eine Liebe handelte es sich dann aber?

Die Liebe ist erstens einmal ein gemeinsames Erlebnis zweier Menschen; die Tatsache jedoch, daß es ein gemeinsames Erlebnis ist, bedeutet noch nicht, daß es für die beiden Beteiligten ein ähnliches Erlebnis ist. Es geht immer um den Liebenden und den Geliebten – doch stammen die beiden aus verschiedenen Landen. Oftmals löst der Geliebte nur all die aufgespeicherte Liebe aus, die bis dahin so lange im Liebenden geschlummert hat. Und irgendwie ahnt das auch jeder

Liebende. Er fühlt es in seinem Herzen, daß seine Liebe ihn vereinsamt. Er erlebt eine neue, seltsame Einsamkeit, und er leidet unter dieser Erfahrung. Es bleibt dem Liebenden also nur eins zu tun: er muß seine Liebe nach besten Kräften in sich beherbergen; er muß sich eine vollständige, neue Welt in seinem Innern aufbauen, eine starke und eigentümliche Welt, die an sich selbst Genüge hat. Und dieser Liebende, das mag hier hinzugefügt werden, braucht nicht unbedingt ein junger Mann zu sein, der für einen Trauring spart – es kann Mann, Frau oder Kind, einfach irgendein menschliches Lebewesen auf unserer Erde sein.

Aber auch der Geliebte kann sehr verschieden beschaffen sein. Die merkwürdigsten Leute können Liebe auslösen. Ein Mann kann ein zitteriger Urgroßvater sein und noch immer ein fremdes Mädchen lieben, das er eines Nachmittags vor zwanzig Jahren in den Straßen von Cheehaw sah. Der Prediger kann eine Gefallene lieben. Der Geliebte kann treulos sein, kann fettiges Haar haben oder schlechte Gewohnheiten, ja, und der Liebende mag das alles so deutlich wie alle andern Menschen erkennen, doch das berührt das Wachstum seiner Liebe nicht im geringsten. Eine höchst mittelmäßige Person kann Gegenstand einer Liebe sein, die so wild und außerordentlich und schön wie die Giftlilie im Sumpf ist. Ein guter Mensch kann eine heftige und erniedrigende Liebe auslösen, und ein stammelnder Irrer kann in einer andern Seele ein zartes und

43

schlichtes Glück hervorrufen. Deshalb gelten Wert und Eigenart einer Liebe einzig vom Liebenden her.

Und das ist auch der Grund, weshalb die meisten unter uns eher Liebende als Geliebte sein wollen. Fast jeder möchte der Liebende sein. Und die ungeschminkte Wahrheit lautet, daß viele es im tiefsten, verborgensten Grunde gar nicht ertragen können, geliebt zu werden. Der Geliebte fürchtet und haßt den Liebenden, und nicht ohne Grund. Denn der Liebende versucht immer und ewig, den Geliebten zu entblößen. Der Liebende sehnt sich nach jeder nur erdenklichen Annäherung, auch wenn ihm das Erlebnis nichts als Qual bereitet.

Es wurde bereits erwähnt, daß Miss Amelia früher einmal verheiratet war. Und über jenes merkwürdige Zwischenspiel kann ebensogut schon hier berichtet werden. Bedenkt aber, daß alles vor langer Zeit geschah und daß es, bis der Bucklige zu ihr kam, Miss Amelias einzige persönliche Berührung mit dem Phänomen Liebe war.

Die Stadt sah damals genauso wie heute aus, nur waren erst zwei Läden vorhanden anstatt der drei, und die Pfirsichbäume am Straßenrand waren noch kleiner und verkümmerter als heute. Miss Amelia war damals neunzehn Jahre alt, und ihr Vater war schon seit vielen Monaten tot. Zu jener Zeit lebte in der Stadt ein Webstuhlmechaniker namens Marvin Macy. Er war der Bruder von Henry Macy, doch wenn ihr beide kennengelernt hättet, könntet ihr nie auf den Gedanken kommen, daß sie verwandt sind. Denn Marvin Macy war der stattlichste Mann in unsrer Gegend: er war über einen Meter zweiundachtzig groß, hatte harte Muskeln, träge graue Augen und lockiges Haar. Er lebte in guten Verhältnissen, verdiente reichlich und besaß eine goldene Taschenuhr, deren zweiter Deckel sich öffnen ließ und im Innern das Bild eines Wasserfalls zeigte. Äußerlich und im oberflächlichen Sinne betrachtet, war Marvin Macy ein Glückspilz; er brauchte vor niemand zu dienern und Kratzfüße zu machen, und er bekam stets, was er wollte. Aber wenn man es ernsthafter und gründlicher bedachte, dann war er keineswegs zu beneiden, denn er hatte einen üblen Charakter. Sein Ruf war schlecht, wenn nicht schlechter als der von andern jungen Männern im Distrikt. Schon als junger Bursche hatte er jahrelang das getrocknete und eingepökelte Ohr eines Mannes mit sich herumgetragen, den er im Messerkampf umgebracht hatte. Den Eichhörnchen im Kiefernwald hatte er den Schwanz abgehackt, nur um seinen Spaß daran zu haben, und in seiner linken Hosentasche hatte er stets das verbotene Marihuanakraut bei sich, um Leute in Versuchung zu führen, die entmutigt und lebensüberdrüssig waren. Trotz seines schlechten Rufes waren viele Mädchen in ihn verliebt – und damals gab es in unserm Distrikt mehrere junge Mädchen mit seidigen

Haaren und sanften Augen und zarten reizenden Hinterbacken und einem bezaubernden Wesen. Diese reizenden jungen Mädchen brachte er in Unehre und Schande. Als er dann zweiundzwanzig war, erwählte sich der gleiche Marvin Macy schließlich Miss Amelia. Das einsame, schlaksige Mädchen mit dem Silberblick war die eine, die er begehrte. Und er wollte sie nicht wegen ihres Geldes haben, sondern einzig und allein aus Liebe.

Und die Liebe machte Marvin Macy zu einem andern Menschen. Während der Zeit, als er Miss Amelia noch nicht liebte, hätte man sich fragen können, ob ein solcher Mensch überhaupt eine Seele und ein Herz im Leibe habe. Doch läßt sich das Häßliche seines Charakters erklären, denn er hatte es anfänglich sehr schwer in der Welt gehabt. Er war eins von sieben ungewollten Kindern, deren Eltern kaum so genannt zu werden verdienten: es waren wilde Halbwüchsige, die gern fischten und im Sumpf umherstreiften. Ihre eigenen Kinder, von denen sie fast jedes Jahr eins bekamen, waren ihnen nur eine Last. Wenn sie abends von der Arbeit in der Baumwollspinnerei heimkehrten, staunten sie ihre Kinder an, als wüßten sie nicht, wo sie hergekommen sein könnten. Weinten die Kinder, dann wurden sie geschlagen, und das erste, was sie auf Erden lernten, war, sich in die dunkelste Zimmerecke zu verkriechen und nicht zu mucksen. Sie waren so mager wie kleine weißhaarige Gespenster, und sie sprachen nicht, auch nicht untereinander. Schließlich sagten sich die Eltern gänzlich von ihnen los und überließen sie auf Gnade und Ungnade der Stadt. Es war ein harter Winter; die Baumwollspinnerei blieb fast ein Vierteljahr lang geschlossen, und überall herrschte Elend. Doch ist es keine Stadt, die vor den Augen ihrer Bewohner kleine hellhäutige Waisenkinder im Schmutz verkommen läßt. Es kam dann so: der älteste Knabe, damals achtjährig, ging nach Cheehaw und kehrte nie wieder zurück; vielleicht war er irgendwo auf einen Güterzug geklettert und in die weite Welt hinausgezogen, wer weiß? Drei andere Kinder bekamen Familientische zugewiesen und wurden von einer Küche zur andern geschickt; da es zarte Kinder waren, starben sie noch vor Ostern. Die jüngsten beiden waren Marvin und Henry Macy: sie fanden ein Heim. In der Stadt lebte eine gütige Frau, Mrs. Mary Hale, und sie nahm Marvin und Henry auf und liebte sie wie ihre eigenen Kinder. Sie wurden in ihrer Familie erzogen und gut behandelt.

Doch das Herz kleiner Kinder ist ein empfindliches Organ. Ein grausamer Lebensbeginn kann es zu merkwürdigen Formen verkrüppeln. Das Herz eines verwundeten Kindes kann so verkümmern, daß es auf immer und ewig so hart und vernarbt wird wie ein Pfirsichkern. Oder das Herz kann auch eitern und anschwellen, bis es eine elende Last für das Kind ist und leicht verletzlich und von den alltäglichen Dingen wundgescheuert. Letzteres widerfuhr Henry Macy, der so anders als sein Bruder und der gütigste und sanfteste Mann in der Stadt ist. Er leiht den Unglücklichen von seinem Lohn, und früher pflegte er stets die Kinder zu hüten, deren Eltern am Samstagabend im Café saßen. Doch er ist ein scheuer Mann, und er sieht ganz so aus wie einer, der an einem wunden Herzen leidet. Marvin Macy dagegen wuchs heran und wurde dreist und furchtlos und grausam. Sein Herz wurde so gefühllos wie die Hörner des Teufels, und bis zu der Zeit, als er sich in Miss Amelia verliebte, bereitete er seinem Bruder und der gütigen Frau, die ihn aufzog, nichts als Schande und Kummer.

Doch die Liebe verwandelte den Charakter Marvin Macys. Zwei Jahre lang liebte er Miss Amelia, ohne sich ihr zu erklären. Er stand in der Nähe ihrer Haustür, die Mütze in der Hand, die Augen demütig und schmachtend und von verschleiertem Grau. Er besserte sich durch und durch, war gut zu seinem Bruder und seiner Stiefmutter, legte seinen Lohn beiseite und lernte Sparsamkeit. Außerdem begann er an Gott zu denken. Er lag nicht mehr den ganzen Sonntag singend und seine Gitarre zupfend auf dem Fußboden der Vorderveranda herum, sondern er besuchte den Gottesdienst und war bei allen religiösen Versammlungen anwesend. Er gewöhnte sich auch gute Umgangsformen an: er bemühte sich, einer Dame seinen Stuhl anzubieten, und er hörte auf, zu fluchen und zu raufen und den

Namen Gottes unnütz im Munde zu führen. Zwei lange Jahre unterzog er sich dieser Umkehr, und sein Charakter verbesserte sich in jeder Hinsicht. Nachdem zwei Jahre verstrichen waren, ging er eines Abends zu Miss Amelia, brachte ihr einen Strauß Sumpfblumen, einen Sack Gekröse und einen silbernen Ring, und am gleichen Abend fragte er sie, ob sie ihn heiraten wolle.

Und Miss Amelia heiratete ihn. Später fragten sich alle Leute, warum wohl. Manche sagten, es sei deshalb geschehen, weil sie gern Hochzeitsgeschenke haben wollte. Andere glaubten, das ewige Nörgeln ihrer Großtante in Cheehaw sei daran schuld gewesen, denn die war ein furchtbarer alter Drachen. Jedenfalls ging Miss Amelia mit weit ausholenden Schritten durch den Mittelgang der Kirche, in das Brautgewand ihrer toten Mutter gekleidet, das von gelber Atlasseide und ihr mindestens dreißig Zentimeter zu kurz war. Es war an einem Winternachmittag, und der helle Sonnenschein fiel durch die rubinroten Fenster der Kirche und ließ das Paar vor dem Altar seltsam erglühen. Während das Treuegelübde verlesen wurde, machte Miss Amelia eine eigentümliche Handbewegung; sie strich wiederholt mit der rechten Handfläche an der Seite ihres Hochzeitskleides herunter. Sie suchte die Tasche in ihrem Overall, und da sie sie nicht finden konnte, wurde ihre Miene ungeduldig, verärgert und erbost. Als endlich das Gelübde nachgesprochen und das Traugebet beendet war, eilte Miss Amelia aus der

Kirche, ohne den Arm ihres Mannes zu nehmen, sondern ihm um mindestens zwei Schritte voraus.

Die Kirche liegt nicht weit vom Laden entfernt, deshalb gingen Braut und Bräutigam zu Fuß nach Hause. Unterwegs soll Miss Amelia dauernd von ihrem Handel mit einem Farmer wegen einer Fuhre Brennholz gesprochen haben. Tatsächlich behandelte sie ihren Mann genauso wie einen Kunden, der in den Laden kommt, um sich von ihrem Whisky zu kaufen. Doch war bis dahin alles manierlich abgelaufen; die Stadt war befriedigt, da die Leute sahen, was die Liebe aus Marvin Macy gemacht hatte, und weil sie hofften, daß die Ehe auch Miss Amelias Temperament etwas besänftigen werde. Wenn sie erst einmal etwas Weiberspeck angesetzt hatte, mochte wohl endlich eine verläßliche Frau aus ihr werden.

Sie täuschten sich. Die jungen Burschen, die am Abend durch die Fensterritzen spähten, erzählten nachher, daß sich folgendes abgespielt habe: Braut und Bräutigam aßen ein großartiges Mahl, das von Jeff, dem alten Negerkoch Miss Amelias, zubereitet worden war. Die Braut nahm sich von jedem Gericht zweimal zu, aber der Bräutigam stocherte lustlos auf seinem Teller herum. Dann ging die junge Frau ihrer üblichen Beschäftigung nach, las die Zeitung, beendete ein Verzeichnis ihrer Vorräte im Laden und so weiter. Der Ehemann hing mit schlaffem, glückseligem, törichtem Ausdruck in der Nähe der Tür herum, ohne daß die junge Frau ihn beachtete. Um elf nahm sie die Lampe und ging nach oben. Der Bräutigam folgte ihr auf den Fersen. Soweit war alles ordentlich abgelaufen, aber was dann geschah, war schändlich.

Noch bevor eine halbe Stunde verstrichen war, kam Miss Amelia in Breeches und einer Khakijacke die Treppe heruntergestampft. Ihr Gesicht war so dunkelrot, daß es fast schwarz wirkte. Sie schmetterte die Küchentür zu und versetzte ihr einen gehässigen Tritt. Dann nahm sie sich zusammen. Sie schürte das Feuer, setzte sich davor und stemmte die Füße gegen den Küchenherd. Sie las im Farmerkalender, trank Kaffee und rauchte ein paar Züge aus ihres Vaters Pfeife. Ihr Gesicht war hart und finster; es hatte jetzt wieder seine natürliche Farbe. Manchmal hielt sie mit dem Lesen inne und kritzelte eine Notiz auf ein Stückchen Papier. Im Morgengrauen ging sie in ihr Büro und öffnete die Schreibmaschine, die sie vor kurzem gekauft hatte und auf der sie gerade schreiben lernte. Und so verbrachte sie ihre Hochzeitsnacht. Bei Tagesanbruch ging sie auf den Hof hinaus, als wäre überhaupt nichts geschehen, und zimmerte an einem vor einer Woche begonnenen Kaninchenstall, den sie jemandem verkaufen wollte.

Ein junger Ehemann sitzt schön in der Patsche, wenn er seine geliebte Frau nicht zu sich ins Bett bringt und wenn es auch noch stadtbekannt wird. Marvin Macy kam an jenem Morgen mit unglücklicher Miene und noch in seinem Hochzeitsstaat die Treppe herunter.

Gott weiß, wie er die Nacht verbracht hatte! Er lungerte im Hof herum und beobachtete Miss Amelia, hielt sich jedoch stets in einiger Entfernung von ihr auf. Gegen Mittag hatte er einen Einfall, und gleich darauf schlug er den Weg nach Society City ein. Er kehrte mit Geschenken zurück: mit einem Opalring, einem Medaillon aus rosa Emaille, wie es damals modern war, einem silbernen Armband mit zwei Herzen daran und mit einer Schachtel Zuckerzeug, die zweieinhalb Dollar gekostet hatte. Miss Amelia warf einen Blick auf die prächtigen Geschenke und öffnete die Schachtel, denn sie war hungrig. Den Wert der übrigen Geschenke schätzte sie kurz und mit schlauer Miene ab und stellte sie dann zum Verkauf auf den Ladentisch. Die zweite Nacht verlief ungefähr ebenso wie die vorausgegangene, nur hatte Miss Amelia ihre Federmatratze nach unten geschafft und ihr Nachtlager neben dem Küchenherd aufgeschlagen; sie schlief recht gut.

So ging es drei Tage weiter. Miss Amelia war wie immer hinter der Arbeit her und zeigte das größte Interesse für ein Gerücht, daß zwanzig Meilen straßab eine Brücke gebaut werden sollte. Marvin Macy folgte ihr weiter auf Schritt und Tritt, und seinem Gesicht war anzusehen, wie sehr er litt. Am vierten Tag unternahm er etwas ungemein Einfältiges: er ging nach Cheehaw und kehrte mit einem Rechtsanwalt zurück. In Miss Amelias Büro überschrieb er ihr seine gesamte irdische Habe, nämlich vierzigtausend Quadratmeter Waldbestand, den er sich von seinen Ersparnissen gekauft hatte. Sie prüfte das Dokument mit gerunzelter Stirn, um sicher zu sein, daß es sich nicht um einen Trick handelte, und heftete es dann säuberlich in einen Ordner in ihrer Schreibtischschublade. Am Nachmittag nahm sich Marvin eine Zweiliterflasche Whisky und zog damit allein in den Sumpf hinaus, solange die Sonne noch schien. Abends kam er betrunken nach Hause, ging mit feuchten, weit aufgerissenen Augen auf Miss Amelia zu und legte ihr die Hand auf die Schulter. Er versuchte ihr etwas mitzuteilen, doch noch ehe er den Mund aufmachen konnte, hatte sie schon mit der Faust ausgeholt und ihm einen so derben Hieb ins Gesicht versetzt, daß er mit eingeschlagenem Vorderzahn gegen die Wand taumelte.

Das Ende der ganzen Angelegenheit kann nur in groben Umrissen angedeutet werden. Nach ihrem ersten Angriff schlug Miss Amelia zu, sobald er ihr in Reichweite kam und sooft er betrunken war. Schließlich warf sie ihn aus dem Haus, und er mußte es sich vor aller Öffentlichkeit gefallen lassen. Tagsüber trieb er sich vor ihrem Anwesen herum, und manchmal holte er auch mit irrem, abgehetztem Blick sein Gewehr und reinigte es, wobei er dauernd zu Miss Amelia hinüberspähte. Wenn sie vor ihm Angst hatte, zeigte sie es jedenfalls nicht, doch ihre Miene war finsterer denn je, und oft spuckte sie aus. Sein letzter törichter Versuch bestand darin, daß er eines Nachts durchs Fenster in ihren Laden einstieg und dort ohne ersichtlichen Grund im Dunkeln sitzen blieb, bis sie am nächsten Morgen die Treppe herunterkam. Miss Amelia fuhr daraufhin sofort zum Gericht in Cheehaw, wohl in der Hoffnung, sie könne ihn wegen Hausfriedensbruch ins Gefängnis sperren lassen. Am gleichen Tag verließ Marvin Macy die Stadt, und keiner sah ihn gehen oder wußte auch nur, wohin er ging. Zum Abschied schob er einen langen, wunderlichen Brief, der teils mit Bleistift und teils mit Tinte geschrieben war, unter Miss Amelias Haustür. Es war ein leidenschaftlicher Liebesbrief, doch enthielt er auch Drohungen, denn er schwor ihr, daß er es ihr noch in diesem Leben heimzahlen würde. Seine Ehe hatte zehn Tage gewährt. Und die Stadt empfand jene gewisse Befriedigung, die man immer spürt, wenn einer auf schändliche und abstoßende Art hereingelegt worden war.

Miss Amelia verblieb alles, was Marvin Macy je besessen hatte – sein Wald, seine goldene Uhr, seine sämtlichen Habseligkeiten. Doch sie schien ihnen wenig Wert beizumessen, und im Frühling zerschnitt sie seinen Ku-Klux-Klan-Mantel, um ihre Tabakpflänzchen damit zuzudecken. Er hatte ihr also nichts weiter angetan, als daß er sie reicher gemacht und ihr seine Liebe dargebracht hatte. Doch seltsamerweise sprach sie von ihm nie anders als voll schrecklicher und erboster Bitterkeit. Nicht ein einziges Mal erwähnte sie seinen Namen, sondern sie bezeichnete ihn immer höhnisch als ›den Webstuhlmechaniker, mit dem ich mal verheiratet war‹.

Und als später entsetzliche Gerüchte über Marvin Macy die Stadt erreichten, da war Miss Amelia hocherfreut. Denn der wahre Charakter Marvin Macys zeigte sich, als er sich von seiner Liebe losgesagt hatte. Er wurde zum Verbrecher, dessen Bild und Namen in allen Zeitungen des Staates zu sehen waren. Er raubte drei Tankstellen aus und machte mit einem Stutzen einen Überfall auf ein Warenhaus in Society City. Er geriet in Verdacht, Sam Schlitzauge ermordet zu haben, einen berüchtigten Räuber, der hinter Alkoholschmugglern her war. All diese Verbrechen wurden mit Marvin Macys Namen in Verbindung gebracht und trugen ihm in vielen Staaten einen üblen Ruf ein. Dann endlich wurde er erwischt, als er betrunken auf dem Boden einer Touristenhütte lag, neben sich seine Gitarre und im rechten Schuh siebenundfünfzig Dollar. Er wurde vor Gericht gestellt und zu einer langen Zuchthausstrafe in der Nähe von Atlanta verurteilt. Miss Amelia war sehr befriedigt.

Das alles geschah vor langer Zeit, und es ist die Geschichte von Miss Amelias Ehe. Die Stadt lachte noch lange über das groteske Ereignis. Doch wenn die äußeren Umstände dieser Liebe wirklich traurig und komisch sind, so darf man doch nicht vergessen, daß die eigentliche Geschichte sich im Herzen der Liebenden abspielte. Wer anders als Gott darf über diese oder eine andere Liebe zu Gericht sitzen? Gerade am Eröffnungsabend des Cafés dachten mehrere Gäste an den unseligen Bräutigam, der viele Meilen entfernt in einem finsteren Zuchthaus saß. Und die Stadt vergaß auch in den folgenden Jahren Marvin Macy nicht völlig. Vor Miss Amelia oder dem Buckligen wurde sein Name nie erwähnt. Aber die Erinnerung an seine Leidenschaft und an seine Verbrechen und die Vorstellung, daß er eingesperrt in seiner Zelle im Zuchthaus von Atlanta saß, bildeten einen beunruhigenden Unterton zur glücklichen Liebe Miss Amelias und zum fröhlichen Café. Vergeßt also Marvin Macy nicht, da er in unserer Geschichte eine schreckliche Rolle spielen wird.

Während der vier Jahre, in denen sich der Laden in ein Café umwandelte, wurden die oberen Zimmer nicht verändert. Dieser Teil des Hauses blieb genauso, wie er seit Miss Amelias frühester Jugend, ja selbst zu Lebzeiten ihres Vaters und wahrscheinlich auch dessen Vaters gewesen war. Die drei Zimmer waren, wie schon berichtet, von makelloser Sauberkeit. Der kleinste Gegenstand hatte seinen festen Platz und wurde jeden Morgen von Jeff, dem Diener Miss Amelias, abgestaubt und abgewischt. Das Vorderzimmer gehörte Vetter Lymon – es war das gleiche Zimmer, in dem Marvin Macy während der paar Nächte geschlafen hatte, die er im Hause geduldet wurde, und vorher war es das Schlafzimmer von Miss Amelias Vater gewesen. Das

Zimmer war mit einem großen Kleiderschrank, einem Tisch mit Marmorplatte und einer Frisierkommode ausgestattet, auf der eine gestärkte Leinendecke mit Häkelspitze lag. Das Bett war riesengroß: es war ein altes Himmelbett aus dunklem, geschnitztem Rosenholz. Darauf lagen zwei Federmatratzen, Polster und einige selbstgenähte Steppdecken. Das Bett war so hoch, daß ein Tritt mit zwei Stufen darunterstand, den aber noch nie jemand benutzt hatte; nur Vetter Lymon holte ihn jeden Abend hervor und bestieg sein Lager wie ein Fürst. Neben dem Tritt, aber schicklich außer Sicht, stand ein mit rosa Rosen bemalter Nachttopf aus Porzellan. Auf dem dunklen, gebohnerten Fußboden lag kein Teppich; die Vorhänge waren aus weißem Stoff, der an den Rändern ebenfalls Häkelspitzen aufwies.

Auf der anderen Seite des Wohnzimmers lag Miss Amelias Schlafzimmer; es war kleiner und sehr schlicht. Das Bett war schmal und aus Kiefernholz. Eine Kommode enthielt ihre Breeches, die Hemden und das Sonntagskleid, und in die Schranktür hatte sie zwei Nägel geschlagen, an denen ihre Schaftstiefel hingen. Vorhänge, Teppiche oder anderer Zimmerschmuck fehlten gänzlich.

Das große Mittelzimmer, ihr Wohnraum, war üppig ausgestattet. Ein mit fadenscheiniger grüner Seide bezogenes Rosenholzsofa stand vor dem Kamin. Dazu kamen Tische mit Marmorplatten, zwei Singer-Nähmaschinen, eine hohe Vase mit Pampa-Gras – alles war prächtig und großartig. Das glanzvollste Möbelstück im Wohnzimmer war ein breiter Glasschrank, der allerlei Kostbarkeiten und Kuriositäten enthielt. Miss Amelia hatte zu der Sammlung zwei Gegenstände hinzugefügt, der eine war eine riesige Eichel von einer Sumpfeiche, der andere ein Samtkästchen, in dem zwei kleine graue Steine lagen. Manchmal, wenn sie nichts Besonderes zu tun hatte, holte Miss Amelia das Samtkästchen hervor, stellte sich ans Fenster, die Steine in der offenen Hand, und betrachtete sie mit einer Mischung aus Staunen, zweifelhaftem Respekt und Grauen. Es waren ihre eigenen Nierensteine, die der Arzt in Cheehaw vor einigen Jahren entfernt hatte. Von der ersten bis zur letzten Minute war es ein schreckliches Erlebnis gewesen, und alles, was ihr davon geblieben, waren die zwei Steinchen; sie mußte sie daher hochschätzen oder sonst zugeben, daß es ein klägliches Geschäft gewesen war. Sie behielt sie also, und als Vetter Lymon schon das zweite Jahr in ihrem Haus wohnte, ließ sie die Steinchen als Verzierung an einer Uhrkette anbringen, die sie ihm schenkte. An der großen Eichel, dem andern Stück, das sie der Sammlung zugefügt hatte, hing sie sehr, doch sobald sie sie betrachtete, wurde ihre Miene traurig und verstört.

»Amelia, was bedeutet das?« fragte Vetter Lymon.

»Ach, es ist bloß eine Eichel«, gab sie ihm zur Antwort. »Eine Eichel, die ich an dem Nachmittag aufhob, als *Big Papa* starb.«

»Wie meinst du das?« fuhr Vetter Lymon beharrlich mit seinen Fragen fort.

»Es ist bloß eine Eichel, die ich damals auf dem Boden liegen sah. Ich habe sie aufgehoben und in die Tasche gesteckt – aber warum, das weiß ich auch nicht.«

»Wie merkwürdig, sie deshalb aufzubewahren!« rief Vetter Lymon.

Die Gespräche, die Vetter Lymon und Miss Amelia in den oberen Räumen führten, fanden häufig statt, meistens in den ersten Morgenstunden, wenn der Bucklige nicht schlafen konnte. Im allgemeinen war Miss Amelia eine schweigsame Frau, die nicht gleich über jedes Thema plapperte, das ihr durch den Kopf schoß. Doch sie hatte eine Vorliebe für bestimmte Gesprächsgegenstände. All diese Themen hatten das eine gemeinsam, daß sie unerschöpflich waren. Sie liebte es, Probleme zu besprechen, die man jahrzehntelang hin und her wälzen konnte und die doch unlösbar blieben. Vetter Lymon dagegen war die geborene Plaudertasche und genoß es, über jedes erdenkliche Thema zu schwatzen. Die Form ihrer Gespräche war grundverschieden. Miss Amelia hielt sich stets an langatmige, weitschweifige Allgemeinheiten und konnte endlos lange mit leiser, nachdenklicher Stimme reden, ohne an ein Ziel zu gelangen, während Vetter Lymon sie plötzlich unterbrach und wie eine Elster irgendeine Einzelheit herauspickte, die zwar unwesentlich, aber doch konkreter Natur war und sich auf eine naheliegende praktische Frage bezog. Ein paar von Miss Amelias Lieblingsthemen waren: die Sterne – die Frage, warum die Neger eine schwarze Haut haben – die beste Behandlung von Krebskrankheiten – und dergleichen mehr. Auch ihr Vater stellte einen unerschöpflichen Gesprächsstoff dar, der ihr sehr am Herzen lag.

»Ach, Vetter Lymon«, fing sie wohl an, »damals konnte ich noch schlafen. Ich ging zu Bett, sowie die Lampe angezündet wurde, und schlief – na, ich schlief, als steckte ich in warmem Schweineschmalz. Bei Tagesanbruch kam dann *Big Papa* ins Zimmer und legte mir die Hand auf die Schulter. ›Aufgestanden, Kleine!‹ mahnte er. Später rief er von der Küche herauf, das Feuer im Herd brenne schon. ›Gebratene Grütze!‹ rief er. ›Schweinefleisch und Soße! Schinken und Eier!‹ Und da bin ich die Treppe runtergerannt und hab mich am warmen Herd angezogen, während er sich draußen an der Pumpe gewaschen hat. Nachher zogen wir gemeinsam los, zur Brennerei oder auch...«

»Die Grütze heute früh war nicht gut«, warf Vetter Lymon ein. »Sie war zu schnell gebraten, und deshalb innen nicht ganz durch!«

»Und wenn *Big Papa* damals den Branntwein ablaufen ließ...« Das Gespräch ging endlos weiter, und Miss Amelia hielt ihre langen Beine ans Feuer, denn Winter und Sommer brannte stets ein Feuer im Kamin, weil Lymon immer fror. Er saß ihr gegenüber auf einem niedrigen Sessel; seine Füße reichten nicht bis auf den Boden, und sein Oberkörper war meistens in eine Wolldecke oder in den grünen Wollschal gehüllt. Miss Amelia erwähnte ihren Vater vor niemand, ausgenommen vor Vetter Lymon.

Auf solche Art bewies sie ihm ihre Liebe. In den schwierigsten und lebenswichtigsten Fragen besaß er ihr Vertrauen. Er allein wußte, wo sie den Lageplan aufbewahrte, aus dem man ersehen konnte, an welchen Stellen auf einem ihrer Grundstücke sie einige Whiskyfässer vergraben hatte. Er allein hatte Zugang zu ihrem Bankbuch, und er allein hatte den Schlüssel für den Kuriositätenschrank. Er nahm sich Geld aus der Ladenkasse, ganze Hände voll, und freute sich über das laute Geklimper der Geldstücke in seiner Tasche. Ihm gehörte fast alles im Haus, denn wenn er schlechter Laune war, stöberte Miss Amelia umher, bis sie ein Geschenk für ihn aufgetrieben hatte, so daß zu guter Letzt kaum noch etwas zum Verschenken vorhanden war. Nur eines wollte Miss Amelia nicht mit Vetter Lymon teilen, und das war die Erinnerung an ihre Zehn-Tage-Ehe. Das Thema Marvin Macy wurde nicht ein einziges Mal zwischen ihnen auch nur gestreift.

Laßt also die Jahre gemächlich verstreichen, und wir gelangen zu einem Samstagabend sechs Jahre nach Vetter Lymons Ankunft in der Stadt. Es war im August, und der Himmel hatte den ganzen Tag wie ein glühendes Blech auf die Stadt niedergesengt. Jetzt nahte das grüne Zwielicht, und man konnte etwas aufatmen. Die Straße war zwei Zentimeter hoch mit goldenem Staub überpudert, und die kleinen Kinder liefen halbnackt herum, niesten, schwitzten und quengelten. Die Baumwollspinnerei hatte um zwölf Uhr die Arbeit eingestellt. Die Bewohner der Häuser an der Hauptstraße saßen auf der Vordertreppe und ruhten sich aus, und die Frauen fächelten sich mit ihren Palmettofächern Kühlung zu. An der Frontseite von Miss Amelias Haus hing ein Schild *Café*. Die Hofveranda lag im kühlen Schatten ihres Lattengitters, und dort hockte Vetter Lymon und drehte die Kurbel des Eiseimers; oft schob er Salz und Eisbrocken fort und hob den Quirl, um ein bißchen zu schlecken und zu sehen, wie weit er mit seiner Arbeit gekommen war. Jeff war in der Küche und kochte. Bereits am frühen Morgen hatte Miss Amelia einen Zettel an die Wand der Vorderveranda geheftet, auf dem zu lesen stand: *Heute Brathuhn. 20 Cent.* Das Café war schon geöffnet, und Miss Amelia hatte gerade ihre Büroarbeit abgeschlossen. Alle acht Tische waren besetzt, und das Pianola ließ sein Geklimper hören.

In einer Ecke dicht bei der Tür saß an einem Tisch Henry Macy mit einem Kind. Er trank ein Glas Whisky, was bei ihm ungewöhnlich war, da ihm der Branntwein leicht zu Kopfe stieg, so daß er entweder zu weinen oder zu singen begann. Sein Gesicht war sehr blaß, und das linke Auge zuckte ständig, was stets geschah, wenn er sich aufregte. Er hatte das Café stumm und verstohlen betreten, und als er gegrüßt wurde, hatte er den Gruß nicht erwidert. Der Knabe, den er bei sich hatte, gehörte Horace Wells; er war schon seit dem Morgen bei Miss Amelia gewesen, weil sie ihn verarzten sollte.

Miss Amelia trat in guter Laune aus dem Büro. Sie kümmerte sich um ein paar Einzelheiten in der Küche und erschien dann wieder im Café, den Bürzel eines Huhns in der Hand, denn das war ihr Lieblingsstück. Sie blickte sich im Café um, sah, daß alles in Ordnung war, und trat zu Henry Macy an den Ecktisch. Sie drehte einen Stuhl um und setzte sich rittlings darauf, denn sie wollte sich nur ein wenig die Zeit vertreiben, weil es ihr zum Essen noch zu früh schien. In der Hosentasche ihres Overalls steckte eine Flasche Hustenmedizin, die sie selber aus Whisky, Kandiszucker und einem Geheimmittel gebraut hatte. Miss Amelia entkorkte die Flasche und hielt sie dem Kind zum Trinken an den Mund. Dann wandte sie sich an Henry Macy, sah, daß sein Auge den nervösen Tick hatte, und fragte ihn:

»Wo fehlt's denn?«

Henry Macy setzte zum Sprechen an, brachte aber nichts über die Lippen, und nachdem er Miss Amelia lange in die Augen geblickt hatte, schluckte er nur und sagte nichts.

Miss Amelia wandte sich wieder ihrem Patienten zu. Nur der Kopf des Kleinen schaute über die Tischkante. Sein Gesicht war sehr rot, und der Mund stand leicht offen; die Augenlider waren halb geschlossen. Er hatte eine große, harte Geschwulst am Oberschenkel und war zu Miss Amelia gebracht worden, damit sie sie aufschnitt. Miss Amelia hatte eine besondere Art, mit Kindern umzugehen; sie konnte es nicht mit ansehen, wenn sie litten und verschreckt waren. Daher hatte sie das Kind den ganzen Tag bei sich im Haus behalten, hatte ihm Lakritzen und häufig einen Schluck Hustensaft gegeben, und gegen Abend hatte sie ihm die Serviette umgebunden und ihm reichlich zu essen gegeben. Als der Kleine jetzt am Tisch saß, wackelte ihm der Kopf von einer Seite auf die andere, und manchmal stieß er beim Atmen ein erschöpftes kleines Ächzen aus.

Plötzlich entstand Bewegung im Café, und Miss Amelia blickte sich rasch um. Vetter Lymon war da. Der Bucklige stelzte ins Café, wie er es jeden Abend tat, und als er genau in der Mitte angelangt war, blieb er stehen und hielt mit listiger Miene Umschau. In Gedanken prüfte er die heute abend anwesenden Gäste und ihre Verwendbarkeit für seine Pläne, denn er war ein großer Unheilstifter. Er genoß jede Art von Krawall, und es war das reinste Wunder, wie er die Leute, ohne selbst ein Wort zu sagen, gegeneinander aufhetzen konnte. Auf ihn ging es zurück, daß sich die

Rainey-Zwillinge vor zwei Jahren wegen eines Stell-
messers zerstritten und seitdem kein Wort mehr miteinander gesprochen hatten. Er war bei der großen
Rauferei zwischen Rip Wellborn und Robert Calvert
Hale zugegen, ja überhaupt bei jedem Zweikampf, seit
er in der Stadt lebte. Er schnüffelte überall herum,
wußte über die geheimsten Angelegenheiten aller Leute
Bescheid und mischte sich jederzeit in alles ein. Und
doch war es seltsamerweise dem Buckligen zu verdanken, daß das Café so beliebt war. Niemals war die
Stimmung so fröhlich, wie wenn er dabei war. Trat er
ins Café, dann machte sich zuerst eine gewisse Spannung bemerkbar, denn kein Gast konnte voraussagen,
ob er selbst zur Zielscheibe würde oder was sonst
plötzlich im Lokal geschehen mochte, wenn der kleine
Unruhestifter da war. Man läßt sich nur dann ganz
ungezwungen gehen und ist nur dann ganz ausgelassen
lustig, wenn eine Aussicht auf Trubel oder Unheil
besteht. Als daher der Bucklige ins Café stolzierte,
verrenkte sich jeder den Hals nach ihm, und dann nahm
das Stimmengewirr zu, und die Korken knallten.

Lymon winkte Stumpy MacPhail zu, der mit Merlie
Ryan und Henry Ford Crimp an einem Tisch saß. »Ich
hab heute am Rotten Lake geangelt«, erzählte er, »und
unterwegs bin ich auf etwas getreten, das mir zuerst wie
ein umgefallener Baumstamm vorkam. Doch als ich
draufstand, spür ich, wie sich etwas bewegt, und da
schau ich richtig hin und sitze schon rittlings auf einem

Alligator, der war so lang wie von der Haustür bis zur Küche, und so dick wie 'ne Sau!«

Der Bucklige schwatzte weiter drauflos. Jeder sah von Zeit zu Zeit zu ihm hinüber, und manche hörten sich jedes Wort an, und andere nicht. Es kam vor, daß alles, was er sagte, Lüge und Aufschneiderei war. Heute abend war jedes Wort erlogen. Er hatte den ganzen Tag mit einer Sommererkältung im Bett gelegen und war erst am späten Nachmittag aufgestanden, um die Eismaschine zu drehen. Das wußten alle, und doch stand er da in der Mitte des Cafés und ließ solche Lügen und Prahlereien vom Stapel, daß einem der Kopf brummte. Miss Amelia sah ihm zu, die Hände in den Taschen und den Kopf auf die Seite gelegt. In ihren grauen, schielenden Augen lag ein weicher Ausdruck, und sie lächelte leise vor sich hin. Manchmal blickte sie auch von dem Buckligen zu den andern Leuten im Café, und dann war ihr Blick stolz, und es glomm wie Drohung darin auf, als wollte sie es keinem geraten haben, ihn wegen seiner Albernheiten zur Rechenschaft zu ziehen. Jeff trug das Abendessen auf, das bereits auf Tellern angerichtet war, und die neuen Ventilatoren schufen einen angenehm kühlen Durchzug im Café.

»Der kleine Mann ist eingeschlafen«, sagte Henry Macy schließlich.

Miss Amelia blickte auf den Patienten neben sich, und ihr Gesicht nahm einen gesammelten Ausdruck an.

Das Kinn des Kleinen lag jetzt auf der Tischkante, und ein Tropfen Speichel oder Hustensaft sickerte ihm aus dem Mundwinkel. Die Augen waren fest geschlossen, und eine kleine Mückenfamilie hatte sich friedlich in den Lidfalten angesiedelt. Miss Amelia legte ihm die Hand auf den Kopf und schüttelte ihn derb, doch der Kleine wachte nicht auf. Deshalb hob sie ihn vorsichtig hoch und trug ihn, ohne sein krankes Bein zu berühren, in ihr Büro. Henry Macy folgte ihr, und sie schlossen hinter sich die Tür.

Vetter Lymon fand es an jenem Abend langweilig. Es war nicht viel los, und trotz der Hitze waren die Gäste guter Laune. Henry Ford Crimp und Horace Wells saßen am Mitteltisch, hatten sich gegenseitig die Arme um die Schultern gelegt und lachten über einen längeren Witz – doch als er auf sie zutrat, konnte er nicht klug daraus werden, weil er den Anfang verpaßt hatte. Der Mondschein lag grell auf der staubigen Straße, und die verkrüppelten Pfirsichbäume standen schwarz und unbeweglich: kein Lüftchen regte sich. Das schläfrige Summen der Sumpfmoskitos betonte noch die Stille der Nacht. Die Stadt schien dunkel dazuliegen, nur unten am Ende der Straße, rechter Hand, flackerte eine einzelne Lampe auf. Irgendwo in der Finsternis sang eine Frau mit hoher, leidenschaftlicher Stimme, und die Melodie hatte weder Anfang noch Ende, sondern bestand aus nur drei Noten, die endlos, endlos wiederkehrten. Der Bucklige lehnte sich gegen das Geländer

der Veranda und blickte die leere Straße entlang, als wünschte er, daß jemand käme.

Hinter ihm klangen Schritte, und dann hörte er eine Stimme: »Vetter Lymon, dein Essen steht auf dem Tisch.«

»Mit meinem Appetit ist's heute nicht weit her«, erwiderte der Bucklige, der den ganzen Tag an seinem süßen Priem gelutscht hatte. »Ich hab so einen sauren Geschmack im Mund!«

»Nur einen Bissen!« bat Miss Amelia. »Brust und Leber und Herz!«

Gemeinsam gingen sie wieder in das helle Café und nahmen neben Henry Macy Platz. Ihr Tisch war der größte, und in einer Coca-Cola-Flasche stand ein Strauß Sumpflilien. Miss Amelia hatte ihren Patienten behandelt und war mit sich zufrieden. Nur ein schläfriges Gewimmer war durch die geschlossene Tür gedrungen, und ehe der Patient aufwachen und erschrecken konnte, war alles vorbei. Der Kleine hing jetzt in tiefem Schlaf mit schlaff baumelnden Ärmchen und gedunsenem Gesicht seinem Vater auf dem Rücken, und so verließen sie das Café und gingen nach Hause.

Henry Macy war noch immer schweigsam. Er aß manierlich, schmatzte nicht beim Essen und schlang nicht halb so gierig wie Vetter Lymon, der behauptet hatte, keinen Appetit zu haben, und jetzt eine Portion nach der andern verdrückte. Henry Macy blickte Miss

Amelia hin und wieder an, und dann schwieg er sich weiter aus.

Es war ein richtiger Samstagabend. Ein altes Ehepaar, das vom Lande gekommen war, stand einen Augenblick zögernd auf der Schwelle. Sie hielten sich bei der Hand und beschlossen endlich, näher zu treten. Sie hatten so lange zusammengelebt, die beiden Alten, daß sie sich wie Zwillinge glichen. Sie waren braun und verhutzelt, zwei umherwandelnde Erdnüsse. Sie brachen früh auf, und gegen Mitternacht waren auch die meisten anderen Gäste gegangen. Rosser Cline und Merlie Ryan spielten eine Partie Dame, und Stumpy MacPhail hatte eine Whiskyflasche vor sich stehen (seine Frau duldete keinen Whisky im Haus) und hielt friedliche Selbstgespräche. Henry Macy saß noch immer da, und das war ungewöhnlich, denn fast immer ging er bald nach Anbruch der Dunkelheit zu Bett. Miss Amelia gähnte vor Müdigkeit, aber Lymon war noch munter, und deshalb schlug sie nicht vor, das Lokal zu schließen.

Um ein Uhr endlich hob Henry Macy den Kopf, starrte in einen Winkel an der Zimmerdecke und sagte leise zu Miss Amelia: »Ich habe heute einen Brief bekommen.«

Das beeindruckte Miss Amelia gar nicht, denn sie erhielt alle möglichen Geschäftsbriefe und Kataloge.

»Ich habe einen Brief von meinem Bruder bekommen«, sagte Henry Macy.

Der Bucklige, der mit hinter dem Kopf verschränkten Händen durchs Café getänzelt war, blieb plötzlich stehen. Er spürte rasch jeden Stimmungsumschlag in einer Menge. Er blickte fragend auf jedes Gesicht und wartete.

Miss Amelia zog die Brauen finster zusammen und ballte die rechte Faust. »Von mir aus!« sagte sie.

»Er ist auf Bewährung entlassen«, sagte er. »Er ist aus dem Zuchthaus raus.«

Miss Amelias Gesicht war sehr dunkel, und sie schauerte zusammen, obwohl die Nacht warm war. Stumpy MacPhail und Merlie Ryan stießen das Damebrett beiseite. Es war sehr still im Café.

»Wer?« fragte Vetter Lymon. Seine großen blassen Ohren schienen ihm aus dem Kopf zu wachsen, so sehr spitzte er sie. »Was?«

Miss Amelia schlug mit beiden Handflächen auf den Tisch. »Marvin Macy ist ein...« Aber ihre Stimme überschlug sich, und nach ein paar Sekunden sagte sie: »Er gehört für den Rest seines Lebens ins Zuchthaus!«

»Was hat er gemacht?« fragte Vetter Lymon.

Eine lange Pause entstand, und keiner wußte so recht, was man darauf antworten sollte. »Er hat drei Tankstellen ausgeraubt«, sagte Stumpy MacPhail. Doch seine Worte klangen unfertig und als hätte er nicht alle Verbrechen aufgezählt.

Der Bucklige wurde ungeduldig. Er konnte es nicht

ertragen, ausgeschlossen zu sein, nicht einmal von einem großen Unglück. Der Name Marvin Macy war ihm unbekannt, aber er plagte ihn ebenso wie jede Erwähnung von Geschehnissen, über die jedermann Bescheid wußte, nur er nicht, wie etwa eine Anspielung auf die alte Sägemühle, die abgerissen worden war, ehe er ins Städtchen kam, oder eine zufällige Bemerkung über Morris Finestein oder eine Erinnerung an irgendein Ereignis, das sich vor seiner Zeit abgespielt hatte. Außer seiner angeborenen Neugier verzehrte ihn aber auch ein Interesse für Räuber und Verbrechen aller Art. Während er um den Tisch stelzte, murmelte er vor sich hin: »Auf Bewährung entlassen« und »Zuchthaus«. Doch obwohl er hartnäckig weiterforschte, konnte er nichts herausbringen, denn keiner wagte es, im Café und vor Miss Amelia über Marvin Macy zu sprechen.

»Im Brief stand nicht sehr viel«, berichtete Henry Macy. »Er hat nicht gesagt, wo er hinwill.«

»Pffft!« machte Miss Amelia, und ihr Gesichtsausdruck war noch immer hart und düster. »Niemals wird er seinen Bocksfuß auf meine Schwelle setzen!«

Sie stieß ihren Stuhl zurück und begann, das Café zu schließen. Der Gedanke an Marvin Macy hatte sie vielleicht in finstere Befürchtungen gestürzt, denn sie schleppte die große Kasse in die Küche und versteckte sie dort. Henry Macy ging die dunkle Straße hinab. Doch Henry Ford Crimp und Merlie Ryan trödelten noch ein Weilchen auf der Veranda herum. Später behauptete Merlie Ryan immer, ja er beschwor es sogar, daß er in jener Nacht eine Vision von allen zukünftigen Ereignissen gehabt habe. Aber die Stadt achtete nicht darauf, denn gerade so etwas behauptete Merlie Ryan gar zu gern. Miss Amelia und Vetter Lymon unterhielten sich noch eine Weile im Wohnzimmer. Als der Bucklige endlich glaubte, daß er schlafen könne, breitete sie das Moskitonetz über sein Bett und wartete, bis er fertiggebetet hatte. Dann zog sie ihr langes Nachthemd an und rauchte zwei Pfeifen, und erst viel später ging auch sie zu Bett.

Der Herbst war eine Freudenzeit. Die Felder rings um die Stadt standen gut, und auf dem Forks-Falls-Markt blieb in jenem Jahr auch der Tabakpreis fest. Nach dem langen, heißen Sommer waren die ersten kühlen Tage von einer reinen und strahlenden Schönheit. Goldrute wuchs am Rande der staubigen Feldwege, und das Zuckerrohr war reif und schimmerte purpurn. Der Autobus kam jeden Tag von Cheehaw angefahren und holte ein paar von den jüngeren Kindern ab, um sie in die Gemeinschaftsschule zu bringen. Junge Burschen machten im Kiefernwald Jagd auf Füchse; auf den Wäscheleinen wurden die Federbetten gelüftet, und die Süßkartoffeln wurden zum Schutz vor den kommenden kälteren Monaten auf Strohschütten in die Erde gebettet. Abends stiegen zarte Rauchschleier aus den Schornsteinen auf, und der Mond stand rund und rot am herbstlichen Himmel. Nichts ist so still wie die Lautlosigkeit der ersten kalten Septembernächte. Wenn es ganz windstill war, konnte man in der Stadt manchmal noch spät in der Nacht den dünnen, schrillen Pfiff des Zuges hören, der auf seiner Fahrt in den fernen Norden durch Society City kommt.

Für Miss Amelia war der Herbst eine Zeit emsigen Schaffens. Sie arbeitete vom Morgengrauen bis zum Sonnenuntergang. Sie baute einen neuen und größeren Kondensator für ihre Brennerei, und in einer Woche brannte sie so viel Whisky, daß sie den ganzen Distrikt hätte betrunken machen können. Ihrem alten Maultier wurde vom vielen Zuckerrohrmahlen schwindlig, und Miss Amelia schwefelte ihre Einmachgläser und füllte sie mit Birnenkompott. Sie freute sich schon sehr auf den ersten Frost, denn sie hatte drei mächtige Schweine eingehandelt und wollte sie zu Braten, Eingelegtem und Würsten verarbeiten.

Während dieser Wochen hatte Miss Amelia eine Art an sich, die allen Leuten auffiel. Sie lachte häufig, ein tiefes, volles Lachen war es, und ihr Pfeifen klang melodisch keck und herausfordernd. Immer mußte sie sich ihre Kraft beweisen, hob schwere Gegenstände oder befühlte ihren harten Bizeps. Eines Tages setzte sie sich an die Schreibmaschine und schrieb eine Geschichte, die von Ausländern, Falltüren und vielen Millionen Dollar handelte. Vetter Lymon war immer in ihrer Nähe und trippelte hinter ihr drein; wenn sie ihn sah, flog ein sanftes Leuchten über ihr Gesicht, und wenn sie seinen Namen aussprach, schwang in ihrer Stimme ein Unterton von Liebe mit.

Endlich kam der erste Frost. Als Miss Amelia eines Morgens erwachte, waren Eisblumen an den Fensterscheiben, und der Rauhreif hatte die Grasfläche im Hof versilbert. Miss Amelia entfachte in ihrem Herd ein brausendes Feuer, und dann ging sie nach draußen, um nach dem Wetter zu schauen. Die Luft war kalt und scharf, und der Himmel war blaßgrün und wolkenlos. Sehr bald darauf kamen die Leute vom Lande herein, um zu hören, was Miss Amelia vom Wetter hielt. Sie hatte beschlossen, das größte ihrer drei Schweine zu schlachten, und das sprach sich schnell in der Gegend herum. Das Schwein wurde abgestochen, und in der Barbecue-Grube hinter dem Haus wurde ein niedriges Eichenholzfeuer angezündet. Der Hinterhof hing voller Rauch, und es roch nach warmem Schweineblut; Schritte und Stimmen klangen hell durch die Winterluft. Miss Amelia lief umher und gab Anweisungen, und bald war der größte Teil der Arbeit getan.

Sie hatte an jenem Tage etwas Besonderes in Cheehaw zu erledigen, und nachdem sie sich überzeugt hatte, daß alles seinen Lauf nahm, kurbelte sie den Wagen an und war zur Abfahrt bereit. Sie bat Vetter Lymon, sie zu begleiten, ganze siebenmal bat sie ihn, doch er hätte sich nur widerwillig von all dem Trubel getrennt und wollte lieber bleiben. Es schien Miss

Amelia zu bekümmern, da sie ihn immer gern bei sich hatte und furchtbar an Trennungsschmerz litt, wenn sie sich auch nur kurz von zu Hause entfernen mußte. Doch nachdem sie ihn siebenmal gebeten hatte, drängte sie ihn nicht länger. Bevor sie aufbrach, nahm sie einen Stock und zog damit rund um die Barbecue-Grube eine tiefe Rinne, etwa sechzig Zentimeter vom Rande entfernt, und verbot ihm, die Linie zu überschreiten. Nach dem Mittagessen fuhr sie ab, und sie hoffte, vor Anbruch der Dunkelheit wieder da zu sein.

Daß ein Lastwagen oder ein Auto auf dem Wege von Cheehaw zu einem andern Ort durch die Stadt fährt, ist gar nicht so selten. Jedes Jahr kommt der Steuereinnehmer, um mit so reichen Leuten wie Miss Amelia zu verhandeln. Und wenn jemand in der Stadt, wie etwa Merlie Ryan, sich plötzlich einbildet, er könnte mit List und Tücke einen Wagen auf Kredit bekommen oder er brauche nur drei Dollar anzuzahlen, um einen so schönen elektrischen Eisschrank zu besitzen, wie er ihn in den Schaufenstern von Cheehaw angepriesen sieht, dann erscheint ein feiner Geschäftsmann aus der Großstadt und stellt unangenehme Fragen, entdeckt seine finanziellen Schwierigkeiten und verdirbt ihm jede Aussicht, etwas auf Abzahlung zu erstehen. Manchmal, besonders seit der Arbeit an der Forks Falls Road, kommen auch Wagen mit Kettensträflingen durchs Städtchen. Und häufig verfahren sich Autofahrer und halten an, um sich zu erkundigen, wie sie wieder auf die richtige Straße gelangen können. Daher war es nichts Ungewöhnliches, daß am späten Nachmittag ein Lastwagen an der Baumwollspinnerei vorbeikam und mitten auf der Straße in der Nähe von Miss Amelias Café hielt.

Ein Mann sprang ab, und der Lastwagen fuhr weiter.

Der Mann blieb mitten auf der Straße stehen und blickte sich um. Es war ein großer Mann mit braunem, gelocktem Haar und trägen tiefblauen Augen. Seine Lippen waren rot, und er lächelte das lässig überlegene Lächeln eines Angebers. Der Mann trug ein rotes Hemd und einen breiten Gürtel aus schön gearbeitetem Leder; in der Hand hatte er einen Blechkoffer und eine Gitarre. Vetter Lymon war der erste, der den Neuankömmling erblickte, denn da er das Schalten der Gänge gehört hatte, wollte er nachsehen, was los war. Er steckte den Kopf um die Ecke der Veranda, ohne jedoch ganz hervorzukommen und sich den Blicken auszusetzen. Er und der Mann starrten einander an, und es war nicht der Blick zweier Fremder, die sich zum erstenmal begegnen und rasch abschätzen. Es war ein eigentümlicher Blick, den sie austauschten – wie der Blick zweier Verbrecher, die sich gegenseitig erkennen. Danach zuckte der Mann im roten Hemd mit der linken Schulter und wandte sich ab. Das Gesicht des Buckligen war sehr blaß, als er den Mann die Straße hinabgehen sah, und nach ein paar Sekunden begann er ihm vorsichtig zu folgen, stets auf genügend Abstand bedacht.

Im Nu wußte es die ganze Stadt, daß Marvin Macy wieder da war. Zuerst ging er zur Baumwollspinnerei, stemmte die Arme faul auf den Fenstersims und schaute hinein. Wie alle geborenen Müßiggänger sah er andern Leuten gern bei ihrer schweren Arbeit zu. In der Spinnerei waren alle betroffen und wie betäubt. Die Färber verließen ihre Färbebottiche, die Spinner und Weber dachten nicht mehr an ihre Maschinen, und sogar Stumpy MacPhail, der Vorarbeiter, wußte nicht, was er machen sollte. Marvin Macy lächelte noch immer sein feuchtes, überlegenes Lächeln, und auch als er seinen Bruder sah, änderte sich seine prahlerische Miene nicht. Nachdem er die Baumwollspinnerei inspiziert hatte, ging er weiter bis zu dem Haus, in dem er seine Kindheit verbracht hatte, und ließ Koffer und Gitarre auf der Veranda stehen. Dann ging er um den Mühlteich und betrachtete die Kirche, die drei Geschäfte und die übrige Stadt. Der Bucklige tippelte in einiger Entfernung still hinter ihm her; er hatte die Hände in die Taschen gesteckt, und das kleine Gesicht war noch immer sehr blaß.

Es war spät geworden. Die Wintersonne ging rötlich unter, und im Westen war der Himmel tiefgolden und karminrot. Zerzauste Mauersegler flogen zu ihren Nestern zurück; die Lampen wurden angezündet. Hin und wieder roch es nach Rauch und nach dem warmen, köstlichen Duft vom Barbecue, das in der Grube hinter dem Café langsam weiterbriet. Nachdem Marvin Macy seinen Rundgang beendet hatte, blieb er vor Miss Amelias Haus stehen und las das Schild über der Veranda. Dann schlenderte er, ohne sich wegen seines Eindringens Sorgen zu machen, durch den Seitengang zum Hinterhof. Die Sirene in der Baumwollspinnerei ließ einen dünnen, einsamen Pfiff hören, und die Tagschicht war zu Ende. Bald waren auch noch andere Männer neben Marvin Macy auf Miss Amelias Hinterhof: Henry Ford Crimp, Merlie Ryan, Stumpy Mac-Phail und dazu eine Anzahl Kinder und Erwachsene, die draußen blieben und in den Hof hineinschauten. Es wurde nur sehr wenig gesprochen. Marvin Macy stand für sich allein auf der einen Seite der Grube, und alle übrigen Leute drängten sich auf der andern Seite zusammen. Vetter Lymon hielt sich abseits von ihnen, ohne jedoch den Blick von Marvin Macy abzuwenden.

»Gut amüsiert im Zuchthaus?« fragte Merlie Ryan und kicherte albern.

Marvin Macy antwortete nicht. Er zog nur ein langes Stellmesser aus der Hosentasche, öffnete es gemächlich und wetzte die Schneide am Hosenboden. Merlie Ryan wurde plötzlich ganz still und verkroch sich hinter dem breiten Rücken Stumpy MacPhails.

Miss Amelia kam erst nach Hause, als es beinahe dunkel war. Sie hörten das Rattern ihres Autos schon aus weiter Ferne und dann das Zuschmettern der Wagentür und ein wiederholtes, dumpfes Aufschlagen, als schleppe sie etwas die Vordertreppe hinauf. Die Sonne war schon untergegangen, und in der Luft hing das rauchblaue Schwelen früher Winternachmittage. Miss Amelia kam langsam die Hoftreppe hinunter, und die Menge im Hof wartete und verhielt sich sehr still. Es gab nur wenige Menschen, die es mit Miss Amelia aufnehmen konnten, und gegen Marvin Macy hegte sie obendrein einen ganz besonderen, erbitterten Haß. Jedermann erwartete, daß sie laut losbrüllen, einen gefährlichen Gegenstand packen und Marvin Macy aus der Stadt jagen würde. Zunächst bemerkte sie Marvin Macy überhaupt nicht, und ihr Gesicht zeigte den entspannten und träumerischen Ausdruck, den es stets annahm, wenn sie nach längerer Fahrt wieder daheim war.

Miss Amelia muß Marvin Macy und Vetter Lymon in ein und demselben Augenblick gesehen haben. Sie blickte vom einen zum andern, doch war es nicht der Taugenichts aus dem Zuchthaus, auf dem ihr Blick schließlich verblüfft und angewidert haften blieb. Wie alle andern auch starrte sie auf Vetter Lymon, und der bot weiß Gott einen merkwürdigen Anblick.

Der Bucklige stand hinter der Grube, und sein bleiches Gesicht wurde vom sanften Licht des glühenden Eichenholzfeuers beschienen. Vetter Lymon verstand sich auf ein sehr komisches Kunststück, das er immer vorführte, wenn er sich bei jemand einschmeicheln wollte. Er verhielt sich dann ganz still und brachte es mit nur ein wenig innerer Sammlung zustande, un-

79

glaublich rasch und mühelos mit seinen großen blassen Ohren zu wackeln. Er hatte seinen Trick stets angewandt, wenn er Miss Amelia etwas Besonderes abschmeicheln wollte, und sie fand ihn unwiderstehlich. Auch jetzt, als er so dastand, wackelte er wie verrückt mit den Ohren, doch diesmal blickte er dabei nicht Miss Amelia an. Er lächelte Marvin Macy zu, und zwar so flehentlich, daß er fast verzweifelt wirkte. Marvin Macy beachtete ihn zunächst gar nicht, und als er endlich zum Buckligen hinübersah, geschah es ohne die geringste Anerkennung.

»Was fehlt dem kleinen Krummbuckel?« fragte er und zeigte verächtlich mit dem Daumen an der Schulter vorbei.

Keiner antwortete ihm. Und als Vetter Lymon begriff, daß sein Kunststück diesmal keinen Beifall fand, versuchte er es mit andern Mitteln. Er zuckte mit den Lidern so, daß sie wie kleine gefangene Falter in den Augenhöhlen flatterten. Er scharrte mit den Füßen hin und her, wedelte mit den Händen und begann schließlich einen kleinen Foxtrott zu tanzen. Im letzten, düsteren Licht des Winterabends glich er der Ausgeburt eines Sumpfkobolds.

Marvin Macy war von allen Leuten auf dem Hof der einzige, den es kalt ließ.

»Der Knirps leidet wohl an Anfällen?« fragte er, und als niemand antwortete, ging er zu ihm und versetzte ihm einen Schlag an den Kopf. Der Bucklige taumelte und fiel um. Er blieb auf der Stelle sitzen, auf die er gefallen war, und blickte noch immer Marvin Macy an; mühsam brachten seine Ohren ein letztes, klägliches Wackeln zustande.

Jetzt wandten sich alle Augen zu Miss Amelia, um zu sehen, was sie wohl tun würde. In all den Jahren hatte keiner dem Buckligen auch nur ein Härchen zu krümmen gewagt, obwohl es manchen gelüstet hatte. Wenn jemand den Buckligen ärgerlich angefahren hatte, hatte Miss Amelia einem so unvorsichtigen armen Tropf sofort den Kredit gekündigt und auch sonst Mittel und Wege gefunden, um ihm noch lange hinterher das Leben sauer zu machen. Deshalb wäre niemand überrascht gewesen, wenn sie Marvin Macy jetzt mit dem Beil, das auf der Hofveranda lag, den Schädel eingeschlagen hätte. Doch sie tat nichts dergleichen.

Es gab Zeiten, in denen Miss Amelia in einer Art Trance zu sein schien. Und die Ursache einer solchen Trance kannten und verstanden alle. Denn Miss Amelia war eine gewissenhafte Ärztin, und Sumpfwurzeln und andere unerprobte Heilpflanzen wurden nicht gleich zermahlen und dem ersten besten Patienten verabfolgt – nein, sooft sie ein neues Mittel erfand, probte sie es zuerst an sich selber aus. Sie pflegte dann eine Riesendosis zu schlucken und wanderte danach nur noch geistesabwesend zwischen dem Café und dem Backsteinhäuschen hin und her. Oft, wenn sie unversehens ein Krampf überfiel, stand sie vollkommen still: die irren Augen starrten auf den Boden, und die Hände verkrampften sich zu Fäusten, während sie herauszuspüren versuchte, welches Organ beeinflußt wurde und welche besonderen Leiden das neue Mittel zu heilen versprach. Und während sie jetzt den Buckligen und Marvin Macy anschaute, zeigte ihr Gesicht den gleichen Ausdruck: angespannt schien es einen inneren Schmerz zu ergründen, obwohl sie an dem Tage kein neues Mittel eingenommen hatte.

»Schreib's dir hinter die Ohren, Krummbuckel!« rief Marvin Macy.

Henry Macy strich sich das schlaffe weißliche Haar aus der Stirn und hüstelte besorgt. Stumpy MacPhail und Merlie Ryan scharrten mit den Füßen, und die Kinder und die Schwarzen jenseits des Hofes gaben nicht einen Laut von sich. Marvin Macy klappte das Stellmesser zu, das er vorhin gewetzt hatte, blickte sich furchtlos um und steuerte selbstgefällig vom Hof herunter. Die Glut in der Grube zerfiel zu grauer, fedriger Asche, und nun war es ganz finster.

So kehrte Marvin Macy also aus dem Zuchthaus zurück. Keine Menschenseele in der Stadt freute sich, ihn wiederzusehen. Sogar Mrs. Mary Hale, die eine gütige Frau war und ihn mit Liebe und Sorgfalt aufgezogen hatte – sogar sie, seine alte Pflegemutter, ließ bei seinem Anblick den Kochtopf fallen, den sie gerade in der Hand hielt, und brach in Tränen aus. Doch nichts vermochte einen Menschen wie Marvin Macy aus der Fassung zu bringen. Er saß auf der Hoftreppe von Hales Haus und zupfte müßig an seiner Gitarre, und wenn das Abendessen bereit war, stieß er die Hale-schen Kinder beiseite und häufte sich selber den Teller voll, obwohl es kaum genug Maisauflauf und Fleisch für alle gab. Nach dem Essen richtete er sich auf dem besten und wärmsten Schlafplatz im Vorderzimmer ein und schlief dann fest und traumlos.

An jenem Abend öffnete Miss Amelia das Café nicht. Sie verschloß sehr sorgfältig alle Fenster und Türen. Von ihr und Vetter Lymon war nichts zu sehen, doch die Lampe in ihrem Zimmer brannte die ganze Nacht.

Wie zu erwarten war, brachte Marvin Macy von Anfang an nichts als Unglück mit. Am nächsten Tag schlug das Wetter plötzlich um, und es wurde sehr heiß. Schon am frühen Morgen war die Luft von drückender Schwüle; der Wind trug den fauligen Sumpfgeruch her, und winzige, sirrende Moskitos tanzten über dem grünen Mühlteich. Die Hitze war für diese Jahreszeit schlimmer als im August und richtete großen Schaden an. Denn fast jeder im Distrikt, der ein Schwein besaß, hatte es Miss Amelia gleichgetan und geschlachtet. Wie aber sollte sich bei solchem Wetter die Wurst halten? Nach ein paar Tagen roch es überall nach langsam verderbendem Fleisch und nach trost-loser Vergeudung. Es kam noch schlimmer: an einem Familientag in der Nähe der Forks Falls Road aß man

Schweinebraten, und alle starben ohne Ausnahme. Das Fleisch war bestimmt verdorben – und wer konnte entscheiden, ob der Rest noch genießbar war? Die Leute wurden hin- und hergerissen zwischen ihrem Appetit auf das Schweinefleisch und ihrer Angst, daran zu sterben. Es war eine Zeit der Wirrnis und Vergeudung.

Der Anstifter des ganzen Unheils, Marvin Macy, hatte nicht das geringste Schamgefühl. Er wurde überall gesehen. Werktags lungerte er in der Nähe der Spinnerei herum und schaute zu den Fenstern hinein, und sonntags zog er sein rotes Hemd an und stolzierte mit seiner Gitarre die Straße auf und ab. Mit seinem braunen Haar, den roten Lippen und den breiten, kräftigen Schultern war er noch immer hübsch, doch die Schlechtigkeit, die in ihm steckte, war nun zu bekannt, als daß sein gutes Aussehen ihm noch hätte nützen können. Und die Schlechtigkeit wurde nicht nur nach den wirklichen Verbrechen beurteilt, die er begangen hatte. Natürlich hatte er die Tankstellen ausgeplündert, und davor hatte er die feinsten Mädchen unsres Distrikts zugrunde gerichtet und darüber gelacht: zahllose Untaten konnten ihm angekreidet werden, doch ganz abgesehen von diesen Schändlichkeiten, hing ihm, fast wie ein Gestank, eine verborgene Gemeinheit an. Und noch etwas: er schwitzte niemals, nicht mal im August, und das ist bestimmt ein Zeichen, über das nachzudenken lohnt.

Der Stadt kam es so vor, als sei er gefährlicher denn je: sicher hatte er im Zuchthaus von Atlanta allerhand Zauberkünste erlernt. Wie ließe sich sonst sein Einfluß auf Vetter Lymon erklären? Denn seit der Bucklige zum erstenmal Marvin Macy erblickt hatte, war er von einem unnatürlichen Geist besessen. Jede Minute des Tages wollte er hinter dem Galgenvogel dreinlaufen und steckte voller dummer Einfälle, um dessen Aufmerksamkeit auf sich zu lenken. Doch Marvin Macy behandelte ihn gemein, oder er beachtete ihn überhaupt nicht. Manchmal ließ der Bucklige den Mut sinken, kauerte sich über das Geländer der Vorderveranda und gab sich – wie ein kranker Vogel auf einem Telephondraht – in aller Öffentlichkeit seinem Kummer hin.

»Was ist denn nur los?« fragte Miss Amelia dann, starrte ihn mit ihren grauen Schielaugen an und ballte die Fäuste.

»Ach, Marvin Macy«, stöhnte der Bucklige, und schon der Klang dieses Namens genügte, um sein Gejammer so zu stören, daß er den Schluckauf bekam. »Er ist in Atlanta gewesen!«

Dann schüttelte Miss Amelia den Kopf, und ihr Gesicht wurde hart und finster. Erstens mochte sie von unstetem Herumreisen nichts wissen. Leute, die nach Atlanta fuhren oder von zu Hause fortreisten, um das fünfzig Meilen entfernte Meer zu sehen – solche unruhigen Leute verachtete sie. »Nach Atlanta fahren – das ist doch kein Verdienst!«

»Er ist im Zuchthaus gewesen!« stöhnte der Bucklige und war vor lauter Verlangen todunglücklich.

Wie kann man solche Süchte mit Vernunftgründen bekämpfen? Miss Amelia war so verblüfft, daß sie ihren eigenen Worten nicht mehr trauen konnte. »Im Zuchthaus, Vetter Lymon? Das ist doch kein Ausflug, auf den man stolz sein könnte!«

Während jener Wochen wurde Miss Amelia von jedermann genau beobachtet. Sie lief gedankenversunken umher, und ihre Miene war so starr, als habe sie einen ihrer Krampfzustände. Aus einem unbekannten Grund trug sie am Tage nach Marvin Macys Ankunft keinen Overall mehr und trug nun immer ihr rotes Kleid, das sie früher für Sonntage, Beerdigungen und Gerichtsverhandlungen aufgespart hatte. Als jedoch die Wochen verstrichen, unternahm sie Schritte, um Klarheit in die Lage zu bringen. Doch ihre Bemühungen waren nicht sehr einleuchtend. Wenn es sie schmerzte, mit anzusehen, wie Vetter Lymon immer hinter Marvin Macy her war, warum machte sie dann nicht reinen Tisch und sagte dem Buckligen, sie würde ihn, wenn er mit Marvin Macy zu tun hätte, kurzerhand auf die Straße setzen? Das wäre einfach gewesen, und Vetter Lymon hätte sich fügen oder sonst der traurigen Tatsache ins Auge sehen müssen, wie man sich allein durch die Welt schlägt. Doch Miss Amelia schien ihre Tatkraft verloren zu haben. Zum erstenmal in ihrem Dasein zauderte sie und wußte nicht, welchen

Kurs sie einschlagen sollte. Und wie die meisten Menschen in einer so ungewissen Lage tat sie das Allerschlimmste: sie verfolgte mehrere Ziele auf einmal, und alle widersprachen sich.

Das Café wurde wie üblich jeden Abend geöffnet, und, seltsam genug, als Marvin Macy mit seinem wiegenden Gang hereinkam, da wies sie ihm nicht die Tür. Sie gab ihm seinen Whisky sogar umsonst und lächelte ihn wild und verzerrt an. Gleichzeitig stellte sie ihm aber draußen im Sumpf eine furchtbare Falle, in der er bestimmt umgekommen wäre, wenn er sich hätte erwischen lassen. Durch Vetter Lymon lud sie ihn zum Sonntagessen ein, und als er nachher die Treppe hinunterging, versuchte sie ihm ein Bein zu stellen. Sie unternahm einen richtigen Vergnügungsfeldzug für Vetter Lymon, machte anstrengende Ausflüge zu verschiedenen Veranstaltungen, die in entlegenen Ortschaften stattfanden, fuhr mit dem Auto dreißig Meilen zu einem Chautauqua-Treffen und ließ ihn in Forks Falls bei einem großen Festzug zuschauen. Alles in allem war es eine aufregende Zeit für Miss Amelia. Nach Ansicht der meisten Leute war sie auf dem besten Wege zum Irrenhaus, und jeder war gespannt, wie alles enden würde.

Das Wetter schlug um, und es wurde wieder kalt. Der Winter hielt Einzug in der Stadt, und die Nacht brach an, noch ehe in der Baumwollspinnerei die Tagschicht beendet war. Die Kinder behielten beim Schlafen sämtliche Sachen an, und die Frauen hoben hinten die Röcke hoch, um sich träumerisch am Feuer zu wärmen. Nachdem es geregnet hatte, fror der Schlamm auf der Straße zu harten Furchen; blasser Lampenschimmer flackerte hinter den Fenstern der Häuser, und die Pfirsichbäume waren dürr und kahl. In den dunklen, stillen Winternächten bildete das Café den warmen Mittelpunkt der Stadt, und seine Lampen strahlten so hell, daß man sie einen halben Kilometer weit sehen konnte. Der große eiserne Ofen im Hintergrund des Cafés heulte und prasselte und glühte. Miss Amelia hatte rote Fenstervorhänge genäht, und von einem Händler, der durch die Straßen kam, kaufte sie einen großen Strauß Papierrosen, die sehr echt aussahen.

Doch es waren nicht nur die Wärme, der Schmuck und die Helle, die das Café zu dem machten, was es war. Es war da noch ein tieferer Grund, weshalb das Café der Stadt so viel bedeutete. Und dieser tiefere Grund hat mit einem gewissen Stolz zu tun, der hierzulande bisher unbekannt war. Um diesen Stolz zu begreifen, muß man sich vor Augen halten, wie wenig das menschliche Leben gilt. Von jeher drängen sich eine Menge Menschen um eine Baumwollspinnerei, doch ist es selten, daß jede Familie genügend Maismehl, Kleider und Speck für alle Familienangehörigen hat. Das Leben wird oft zu einer einzigen langen, trübseligen Plackerei, um nur die zum nackten Leben notwendigsten

Dinge zusammenzuscharren. Verwirrend ist nun, daß alle brauchbaren Dinge ihren Preis haben und nur mit Geld erworben werden können, denn so ist der Lauf der Welt. Ohne zu überlegen weiß man, wieviel ein Ballen Baumwolle oder ein Liter Sirup kostet. Doch das menschliche Leben hat keinen Geldwert; es wird uns umsonst gegeben, und es wird uns genommen, ohne daß wir dafür bezahlen. Wieviel ist es wert? Wenn man um sich blickt, könnte man meinen, daß es wenig oder gar nichts wert ist. Oft, wenn man sich im Schweiße seines Angesichts abgerackert und bemüht und seine eigene Lage doch nicht gebessert hat, regt sich in unserem innersten Herzen ein Gefühl, als wäre man selber auch nicht viel wert.

Doch der neue Stolz, der mit dem Café in diese Stadt gekommen war, berührte fast jeden, sogar die Kinder. Denn um im Café sitzen zu dürfen, brauchte man nicht eine ganze Mahlzeit zu bestellen oder den teuren Branntwein zu zahlen. Es gab kalte Getränke in Flaschen, die bloß fünf Cent kosteten. Und wenn man sich auch die nicht leisten konnte, so hatte Miss Amelia ein Getränk – es war rot und sehr süß –, das sie Kirschsaft nannte und für einen Penny verkaufte. Mit Ausnahme des Geistlichen, Reverend T. M. Willin, kam fast jeder einmal im Laufe der Woche ins Café. Wie Kinder gern anderswo schlafen als daheim, so essen sie auch gern mal an eines Nachbarn Tisch, und bei solchen Gelegenheiten benehmen sie sich gesittet und sind sehr stolz. So waren auch die Leute aus der Stadt stolz, wenn sie an einem Tisch im Café saßen. Sie wuschen sich, ehe sie zu Miss Amelia gingen, und putzten sich vor dem Betreten des Cafés anständig die Schuhe ab. Dort im Café konnten sie wenigstens für ein paar Stunden die tiefe, bittere Erkenntnis vergessen, daß der Mensch in dieser Welt nicht viel wert ist.

Ganz besonders kam das Café den Junggesellen, Pechvögeln und Schwindsüchtigen zugute. Und hier soll erwähnt werden, daß Vetter Lymon nicht ohne Grund verdächtigt wurde, schwindsüchtig zu sein. Der Fieberglanz seiner grauen Augen, seine Geltungssucht, seine Geschwätzigkeit und sein Husten – das alles waren Symptome. Überdies nimmt man allgemein an, daß zwischen einem verkrümmten Rückgrat und der Schwindsucht ein Zusammenhang besteht. Doch sobald man einen solchen Verdacht vor Miss Amelia äußerte, wurde sie sehr wütend; sie stritt alle Symptome mit erbittertem Nachdruck ab, aber insgeheim behandelte sie Vetter Lymon mit heißen Brustpflastern, Hustenmedizin und anderen Heilmitteln. In diesem Winter nun war der Husten des Buckligen heftiger geworden, und manchmal brach er sogar an kalten Tagen in starken Schweiß aus. Doch das hinderte ihn nicht, Marvin Macy nachzulaufen.

Schon am frühen Morgen verließ er tagtäglich das Café, ging zur Hoftür von Mrs. Hales Haus und wartete dort stundenlang, denn Marvin Macy war ein

Langschläfer. Dann stand er da und rief ihn leise. Seine Stimme klang wie die von Kindern, wenn sie sich geduldig vor ein winziges Loch im Sand kauern, in dem sie einen Ameisenlöwen vermuten, und mit einem Ginsterstiel hineinstochern und kläglich singen: »Löwchen, Löwchen, komm heraus, es brennt dein Haus, es brennt dein Haus!« Mit genau so einer Stimme – gleichzeitig traurig, verführerisch und ergeben – rief der Bucklige jeden Morgen den Namen Marvin Macys. Wenn dann Marvin Macy endlich startbereit war, folgte er seinen Spuren durch die ganze Stadt, und manchmal verbrachten sie auch viele Stunden draußen im Sumpf.

Und Miss Amelia fuhr fort, das denkbar Verkehrteste zu tun: sie versuchte, gleichzeitig verschiedene Ziele zu verfolgen. Wenn Vetter Lymon das Haus verließ, rief sie ihn nicht zurück, sondern stand mitten auf der Straße und blickte ihm verloren nach, bis er verschwunden war. Fast jeden Tag um die Mittagszeit tauchte Marvin Macy mit Vetter Lymon im Café auf und aß an ihrem Tisch. Miss Amelia öffnete ein Glas mit eingemachten Birnen, und der Tisch war reich gedeckt mit Schinken oder Hühnerfleisch, mit großen Schüsseln voll Maisgrütze und mit Wintererbsen. Allerdings versuchte sie bei einer dieser Gelegenheiten Marvin Macy zu vergiften, doch infolge eines Versehens wurde der Teller verwechselt, und sie selbst bekam das vergiftete Gericht. Sie erkannte es sofort an dem leicht bitteren Geschmack, und daher aß sie an jenem Tage nicht zu Mittag. Sie schaukelte nur mit ihrem Stuhl hin und her, befühlte ihre Muskeln und beobachtete Marvin Macy.

Jeden Abend erschien Marvin Macy im Café und ließ sich am schönsten und größten Tisch nieder, der in der Mitte stand. Vetter Lymon brachte ihm Whisky, für den er keinen Cent bezahlte. Er schob den Buckligen beiseite, als wäre der nur eine Stechmücke, und bewies ihm nicht nur keine Dankbarkeit für die Vergünstigungen, sondern wenn ihm der Bucklige in die Quere geriet, dann hieb er ihn mit dem Handrücken eins über oder sagte: »Scher dich fort, Krummbuckel! Sonst reiß ich dir sämtliche Haare aus!« Wenn so etwas geschah, kam Miss Amelia hinter der Theke hervor und ging mit geballten Fäusten sehr langsam auf Marvin Macy los, während ihr das seltsame rote Kleid ungeschickt um die knochigen Knie baumelte. Marvin Macy ballte ebenfalls die Fäuste, und beide umkreisten sich langsam und vielsagend. Doch obwohl jeder atemlos aufpaßte, geschah weiter nichts. Die Zeit für einen Zweikampf war noch nicht reif.

Es hat seinen besonderen Grund, daß die Leute sich an diesen Winter erinnern und immer noch von ihm reden. Etwas Wunderbares geschah. Am zweiten Januar wachten die Menschen auf und fanden die ganze Welt um sich her verändert. Dumme kleine Kinder schauten aus dem Fenster und waren so erstaunt, daß sie zu weinen anfingen. Alte Leute nahmen sich die Vergangenheit vor, konnten sich aber nicht erinnern, hierzulande etwas Ähnliches erlebt zu haben. In der Nacht hatte es nämlich geschneit. In den dunklen Stunden nach Mitternacht hatten die weichen Flocken begonnen, sachte auf die Stadt niederzufallen. Bei Tagesanbruch war der Boden bedeckt, und der fremde Schnee hatte sich vor den rubinroten Fenstern der Kirche aufgehäuft und die Hausdächer weiß überzogen. Er verlieh der Stadt ein bleiches, leergeblutetes Aussehen. Die zweiräumigen Häuser um die Baumwollspinnerei herum waren schmutzig und windschief und dicht vor dem Einstürzen, und irgendwie schien alles dunkel und zusammengeschrumpft. Doch der Schnee selbst war von einer Schönheit, wie sie kaum einer in der Gegend je gesehen hatte. Der Schnee war nicht weiß, wie ihn die Leute aus dem Norden beschrieben hatten: im Schnee waren Töne von weichem Blau und Silber, und der Himmel war ein sanftes, schimmerndes Grau. Und dann die träumerische Stille des fallenden Schnees – wann war die Stadt je so ruhevoll gewesen?

Der Schneefall wirkte ganz verschieden auf die Leute. Als Miss Amelia aus dem Fenster blickte, bewegte sie nachdenklich die Zehen an ihren bloßen Füßen und raffte den Kragen ihres Nachthemds fester um den Hals. So stand sie eine Weile, und dann begann sie die Läden und Fenster im Haus zu schließen. Sie dichtete alles ab, zündete die Lampen an und setzte sich ernst vor ihre Schüssel Maisgrütze. Nicht etwa, daß sie den Schneefall fürchtete! Es war ihr einfach unmöglich, sich sofort eine Ansicht über das neue Ereignis zu bilden, und wenn sie nicht ganz sicher und eindeutig wußte, was sie von einem Vorfall zu halten hatte (meistens wußte sie es), dann zog sie es vor, ihn zu ignorieren. Zu ihren Lebzeiten war hierzulande noch nie Schnee gefallen, und irgendwie hatte sie sich auch nie darüber Gedanken gemacht. Wenn sie jedoch das Vorhandensein des Schneefalls zugab, dann mußte sie einen Entschluß fassen, und in jener Zeit hatte sie in ihrem Leben, so wie es damals war, schon genug Unruhe. So tappte sie denn durch das düstere, nur von Lampen erhellte Haus und machte sich vor, es sei nichts geschehen. Vetter Lymon dagegen jagte in der wildesten Aufregung umher, und als Miss Amelia ihm den Rücken kehrte, um ihm sein Frühstück aufzutragen, schlüpfte er aus der Tür.

Marvin Macy nahm den Schneefall für sich in Anspruch. Er sagte, daß er mit Schnee vertraut sei und daß er ihn schon in Atlanta gesehen habe, ja, nach der Art, wie er dann durch die Stadt stolzierte, konnte man meinen, ihm gehöre jede einzelne Flocke. Er spottete über die kleinen Kinder, die zaghaft aus den Häusern krochen und ein paar Handvoll Schnee zusammenhäuften, um davon zu kosten. Reverend Willin eilte mit verkrampfter Miene die Straße entlang, in tiefes Nachdenken versunken, da er versuchte, den Schnee in seine Sonntagspredigt einzuflechten. Die meisten Leute waren demütig und freuten sich über das Wunder; sie sprachen mit gedämpfter Stimme und sagten öfter als notwendig »Danke!« und »Bitte!« Ein paar schwache Charaktere verloren natürlich ihren sittlichen Halt und betranken sich – aber es waren nur wenige. Für jeden bedeutete der Schnee ein Ereignis, und viele zählten ihr Geld, um am Abend das Café aufzusuchen.

Vetter Lymon folgte Marvin Macy den ganzen Tag und unterstützte noch dessen Besitzanspruch auf den Schnee. Er staunte, daß der Schnee nicht ebenso wie der Regen niederfiel, und starrte in den träumerischen, sanften Flockentanz hinauf, bis ihm schwindlig wurde und er torkelte. Und mit solchem Stolz sonnte er sich in Marvin Macys Ruhm, daß die Leute sich's nicht versagen konnten, ihm zuzurufen: »Hoho, sagte die Fliege auf dem Wagenrad, was wir für Staub aufwirbeln!«

Miss Amelia hatte nicht im Sinn, ein Abendessen auftragen zu lassen. Doch als sie um sechs Uhr Schritte auf der Treppe hörte, öffnete sie vorsichtig die Haustür. Es war Henry Ford Crimp, und wenn sie auch nichts zu essen für ihn hatte, so ließ sie ihn doch am Tisch Platz nehmen und stellte etwas zu trinken vor ihn hin. Auch andere Leute kamen noch. Es war ein bitterkalter blauer Abend, und obwohl der Schnee nicht länger fiel, wehte ein Wind vom Kiefernwald her und blies ein zartes Schneegestöber vom Boden auf. Vetter

Lymon kam erst nach Anbruch der Dunkelheit, und mit ihm kam Marvin Macy, der seinen Blechkoffer und seine Gitarre trug.

»Willst du auf Reisen gehn?« fragte Miss Amelia rasch.

Marvin Macy wärmte sich am Ofen. Dann ließ er sich am Tisch nieder und spitzte sich sorgfältig ein Hölzchen zu. Er stocherte damit in den Zähnen, holte es aber oft wieder aus dem Mund, um die Spitze zu betrachten und an seinem Jackenärmel abzuwischen. Er ließ sich nicht herab, ihr zu antworten.

Der Bucklige blickte Miss Amelia an, die hinter der Theke stand. In seinen Zügen war nichts Flehendes mehr – er schien ganz selbstsicher zu sein. Er hatte die Hände im Rücken verschränkt und blickte zuversichtlich drein. Seine Wangen waren rot, die Augen glänzten, und seine Kleider hatten sich voll Feuchtigkeit gesogen. »Marvin Macy bleibt ein Weilchen bei uns zu Besuch«, sagte er.

Miss Amelia erhob keinen Einwand. Sie trat nur hinter der Theke hervor und stellte sich an den Ofen, als sei ihr von der Mitteilung plötzlich kalt geworden. Sie wärmte sich den Hintern nicht so verschämt, wie es andre Frauen in der Öffentlichkeit tun, indem sie den Rock nur ein paar Zentimeter heben. An Miss Amelia war keine Spur von Verschämtheit zu bemerken, und oft schien sie sogar einfach zu vergessen, daß Männer im gleichen Zimmer mit ihr waren. Während sie jetzt am Ofen stand, um sich zu wärmen, hatte sie ihr rotes Kleid hinten ganz hochgerafft, so daß jeder, dem daran gelegen war, einen Blick auf ihre starken, behaarten Oberschenkel werfen konnte. Ihr Kopf blickte auf die Seite, und sie hatte angefangen, mit sich selbst zu reden, mit dem Kopf zu nicken und die Stirn zu runzeln. Ihre Stimme klang klagend und vorwurfsvoll, wenn auch die Worte unverständlich blieben. Der Bucklige und Marvin Macy waren inzwischen nach oben gegangen, ins Wohnzimmer mit dem Pampa-Gras und den beiden Nähmaschinen, in die Privatgemächer, in denen Miss Amelia ihr ganzes Leben verbracht hatte. Unten im Café konnte man die beiden rumoren hören, als sie Marvin Macys Sachen auspackten und unterbrachten.

Und so drängte sich Marvin Macy in Miss Amelias Wohnung ein. Zuerst schlief Vetter Lymon, der Marvin Macy sein eigenes Zimmer abgetreten hatte, auf dem Sofa im Wohnzimmer. Doch der Schneefall hatte ihm geschadet: er bekam eine Erkältung, aus der eine Mandelentzündung wurde, so daß Miss Amelia ihm ihr Bett überließ. Für sie war aber das Sofa im Wohnzimmer viel zu kurz; ihre Füße hingen unten heraus, und oft fiel sie auf den Fußboden. Vielleicht war es der Schlafmangel, der ihr den Verstand umnebelte; alles, was sie gegen Marvin Macy unternahm, schlug auf sie selbst zurück. Sie verstrickte sich in ihren eigenen Schlingen und sah sich oft in einer üblen Lage. Doch verbot sie ihm ihr Haus noch immer nicht, denn sie befürchtete, dann ganz allein zurückzubleiben. Wenn man einmal mit jemand zusammengelebt hat, ist es qualvoll, nachher allein zu leben. Die Stille eines nur vom Feuer erhellten Zimmers, in dem unversehens die Uhr zu ticken aufhört, die unruhigen Schatten in einem leeren Haus – nein, es war besser, mit seinem Todfeind zusammenzuleben, als sich dem Grauen des Alleinseins auszuliefern.

Der Schnee blieb nicht liegen. Die Sonne kam hervor, und innerhalb von zwei Tagen sah die Stadt genau wie früher aus. Miss Amelia öffnete ihr Haus erst, nachdem auch die letzte Schneeflocke geschmolzen war. Dann veranstaltete sie ein Großreinemachen und lüftete alles an der Sonne. Was sie aber noch davor und zuallererst tat, als sie wieder in den Hof hinausging: an den stärksten Ast des Chinabeerbaums knüpfte sie ein dickes Seil, und an dessen Ende befestigte sie einen prall mit Sand gefüllten Jutesack. Es war der Punchingball, den sie zum Trainieren für sich gemacht hatte; von dem Tage an boxte sie jeden Morgen draußen auf dem Hof. Sie war bereits ein geübter Boxer – ein bißchen fußschwer allerdings, doch da sie alle möglichen gemeinen Griffe und Kniffe kannte, glich sich das aus.

Miss Amelia war, wie schon erwähnt, einen Meter fünfundachtzig groß. Marvin Macy war nur zwei Zentimeter kleiner. Im Gewicht waren sie einander ungefähr gleich – jeder wog nicht ganz achtzig Kilogramm.

Marvin Macy war ihr mit seinen geschmeidigen Bewegungen und dem derben Brustkorb überlegen, ja, äußerlich betrachtet, sprach eigentlich alles zu seinen Gunsten. Und doch wettete fast jeder in der Stadt auf Miss Amelia; kaum einer wollte sein Geld auf Marvin Macy setzen. Die Stadt hatte noch den großen Zweikampf zwischen Miss Amelia und einem Rechtsanwalt aus Forks Falls in Erinnerung, der versucht hatte, sie zu hintergehen. Es war ein mächtiger, stämmiger Kerl gewesen, doch als sie ihn endlich in Ruhe ließ, war er dreiviertel tot. Und es war nicht nur ihre Boxkunst, die auf jedermann solchen Eindruck machte: sie konnte ihren Feind schwächen, indem sie greuliche Grimassen schnitt und wilde Rufe ausstieß, so daß sogar die Zuschauer es manchmal mit der Angst bekamen. Sie war unerschrocken, sie übte regelmäßig an ihrem Sandsack, und in diesem Falle war sie eindeutig im Recht. Deshalb hatten die Leute volles Vertrauen zu ihr und warteten ab. Denn natürlich war kein bestimmtes Datum für den Kampf angesetzt worden. Nur die Anzeichen waren vorhanden, und die waren zu offensichtlich, als daß man sie hätte übersehen können.

Während dieser Wochen stelzte der Bucklige mit selbstgefälligem Ausdruck in seinem verschrobenen kleinen Gesicht umher. Auf mancherlei kaum wahrnehmbare und abgefeimte Art schürte er die Erbitterung zwischen den beiden. Dauernd zupfte er Marvin Macy an den Hosenbeinen, um sich bemerkbar zu machen. Manchmal lief er auch Miss Amelia nach, doch jetzt nur, um ihren linkischen, langbeinigen Gang nachzuahmen; er schielte und äffte all ihre Gesten so übertrieben nach, daß man glauben mußte, sie sei eine Mißgeburt. Es lag etwas so Abstoßendes in seinem Verhalten, daß selbst die dümmsten Gäste im Café, wie etwa Merlie Ryan, nicht über ihn lachten. Nur Marvin Macy zog seinen linken Mundwinkel in die Höhe und grinste. Sooft dergleichen geschah, wurde Miss Amelia zwischen zwei Gefühlen hin und her gerissen: dem Buckligen warf sie einen verzweifelten, bekümmert vorwurfsvollen Blick zu, und dann starrte sie Marvin Macy mit zusammengebissenen Zähnen an.

»Kannst verrecken!« rief sie bitter.

Und Marvin Macy hob dann oft die Gitarre auf, die an seinem Stuhl lehnte. Seine Stimme war feucht und schleimig, weil er gewöhnlich zuviel Speichel im Mund hatte. Und die Lieder, die er sang, glitten ihm langsam wie Aale aus der Kehle. Seine kräftigen Finger zupften die Saiten treffend und gewandt, und alles, was er sang, war gleichzeitig verführerisch und abstoßend. Und das war meistens mehr, als Miss Amelia ertragen konnte.

»Kannst verrecken!« schrie sie dann Marvin Macy nochmals an.

Doch Marvin Macy hatte stets eine Antwort bereit. Er legte die Hand auf die Saiten, um den zitternden Nachhall zu unterbrechen, und antwortete mit träger und vorsätzlicher Unverschämtheit:

»Alles, was du mir an den Kopf wirfst, fällt auf dich zurück, häh, häh!«

Und Miss Amelia stand hilflos da, denn noch keiner hat einen Ausweg aus einer solchen Klemme gefunden. Sie konnte nicht Verwünschungen ausstoßen, die auf sie selbst zurückfielen. Er war ihr überlegen, und sie konnte nichts dagegen machen.

Und so ging es weiter. Was sich in der Nacht zwischen den dreien abspielte, wenn sie oben in der Wohnung waren, das weiß keiner. Doch das Café war von Abend zu Abend stärker besucht. Ein neuer Tisch mußte aufgestellt werden. Selbst der Einsiedler, der verrückte Rainer Smith, der sich vor zwei Jahren im Sumpf angesiedelt hatte, hörte vom Stand der Dinge und erschien eines Abends, um zum Fenster hineinzuspähen und über die in dem strahlend hellen Café Versammelten seine Betrachtungen anzustellen. Doch der Höhepunkt jedes Abends war es, wenn Marvin Macy und Miss Amelia die Fäuste ballten, Stellung bezogen und sich wütende Blicke zuwarfen. Dergleichen geschah nicht nach einem besonders scharfen Wortwechsel, sondern meistens kam es aus einem rätselhaften, beiderseitigen inneren Drang dazu. Dann wurde es im Café so still, daß man den Strauß Papierrosen in der Zugluft rascheln hörte. Und jeden Abend blieben sie etwas länger als am vorausgegangenen Abend in ihrer Kampfstellung.

Der Zweikampf fand am Erdhörnchentag* statt, der auf den zweiten Februar fällt. Das Wetter war günstig, weil es weder regnerisch noch sonnig war und die Temperatur sich in der Mitte hielt. Mehrere Anzeichen deuteten darauf hin, daß heute der bewußte Tag gekommen war, und gegen zehn Uhr verbreitete sich die Kunde in der ganzen Umgebung. Früh am Morgen ging Miss Amelia nach draußen und schnitt den Übungsball ab. Marvin Macy saß auf der Hoftreppe, eine Blechbüchse mit Schweinefett zwischen den Knien, und fettete sich sorgfältig Arme und Beine ein. Ein Habicht mit blutroter Brust überflog die Stadt und kreiste zweimal über Miss Amelias Anwesen. Die Tische aus dem Café wurden auf die Hinterveranda gestellt, so daß der ganze große Raum zur Verfügung stand. Ja, alle Anzeichen deuteten darauf hin. Marvin Macy und Miss Amelia aßen zum Mittagessen vier Portionen halbrohes Roastbeef und legten sich am Nachmittag hin, um Kräfte zu sammeln. Marvin Macy ruhte sich oben im großen Wohnzimmer aus, während Miss Amelia sich auf der Bank im Büro ausstreckte. Ihrem starren weißen Gesicht konnte man es ansehen, was für eine Qual es für sie bedeutete, stillzuliegen und gar nichts zu tun, doch sie lag so ruhig wie ein Leichnam und hatte die Augen geschlossen und die Hände über der Brust gefaltet.

* Auch Lichtmeß: der Tag, an dem das Erdhörnchen aus dem Winterschlaf erwacht.

Vetter Lymon hatte einen unruhigen Tag, und sein kleines Gesicht war vor Aufregung gespannt und verzerrt. Er nahm sich etwas Mittagsproviant und zog los, um ein Erdhörnchen zu entdecken. Nach einer Stunde kehrte er zurück, hatte den Proviant verzehrt und behauptete, das Erdhörnchen habe seinen Schatten gesehen und sei wieder umgekehrt, was auf schlechtes Wetter deute. Da Marvin Macy und Miss Amelia sich beide ausruhten, um Kräfte zu sammeln, und Vetter Lymon sich selbst überlassen war, kam es ihm in den Sinn, daß er eigentlich die Vorderveranda anstreichen könnte. Das Haus hatte seit Jahren keinen Anstrich bekommen, ja, wer weiß, ob es überhaupt je angestrichen worden war. Vetter Lymon rackerte sich redlich ab, und bald hatte er den halben Verandafußboden mit einem fröhlichen Grasgrün bemalt. Es war eine richtige Stümperarbeit, und er beschmierte sich von Kopf bis Fuß. Bezeichnenderweise strich er den Fußboden nicht fertig, sondern ging bald zur Wand über, die er so hoch hinauf bemalte, wie er reichen konnte, und dann stellte er sich auf eine Kiste, um noch dreißig Zentimeter höher zu gelangen. Als er die Farbe verbraucht hatte, erstrahlte die rechte Seite des Fußbodens in grellem Grün, und von der Front hatte er ein unregelmäßiges Teilstück angestrichen. Und damit gab er sich zufrieden.

Es lag etwas Kindisches in der Befriedigung über seine Malerei. Und in diesem Zusammenhang sollte eine merkwürdige Tatsache erwähnt werden. Kein Mensch in der Stadt, nicht einmal Miss Amelia, hatte eine Ahnung, wie alt der Bucklige eigentlich war. Manche behaupteten, daß er, als er in die Stadt kam, etwa zwölf Jahre, also noch ein Kind gewesen sei – andere waren überzeugt, daß er die Vierzig schon lange hinter sich habe. Seine Augen waren blau und still wie die eines Kindes, doch unter den blauen Augen lagen feine lila Schatten, die andeuteten, daß er nicht mehr jung war. Von dem seltsam verkrüppelten Körper konnte man unmöglich auf sein Alter schließen. Und auch seine Zähne gaben keinen Anhaltspunkt – er besaß sie noch alle (zwei waren beim Aufknacken einer Hikkorynuß abgebrochen) –, doch von seinem ewigen süßen Priem hatten sie sich so verfärbt, daß man unmöglich entscheiden konnte, ob es alte Zähne oder junge waren. Fragte man den Buckligen nach seinem Alter, gab er vor, rein gar nichts darüber zu wissen – er habe keine Ahnung, wie lange er schon auf der Erde sei, ob zehn Jahre oder hundert! Sein Alter blieb also ein Rätsel.

Als Vetter Lymon seine Malerei beendete, war es halb sechs Uhr nachmittags. Das Wetter war kälter geworden, und in der Luft hing etwas Feuchtigkeit. Der Wind wehte vom Kiefernwald her, rüttelte an den Fenstern und jagte ein Zeitungsblatt die Straße hinab, bis es sich schließlich in einem Dornbusch verfing. Die Leute begannen vom Land hereinzuströmen: in vollge-

stopften Automobilen, aus denen Kinderköpfe heraus-
starrten, im Leiterwagen, von alten Maultieren gezogen, die auf ihre müde, griesgrämige Art zu grinsen
schienen und mit halbgeschlossenen, matten Augen
weiterschlichen. Drei junge Burschen waren aus Society City gekommen. Alle drei trugen gelbe kunstseidene
Hemden und weit aus der Stirn geschobene Mützen –
sie glichen sich wie Drillinge und waren stets bei Hah-
nenkämpfen und Freiluftgottesdiensten zu sehen. Um
sechs Uhr meldete die Sirene das Ende der Tagschicht,
und damit waren alle vollzählig versammelt. Natürlich
befand sich unter den Neuankömmlingen allerlei Ge-
sindel, unbekannte Gestalten und so weiter, doch
trotzdem war die Menge ganz ruhig. Gespanntes
Schweigen herrschte in der Stadt, und im verblassenden
Tageslicht sahen die Gesichter der Leute fremdartig
aus. Die Dunkelheit zauderte noch; einen Augenblick
war der Himmel ein helles, durchsichtiges Gelb, gegen
das sich die Giebel der Kirche in dunklen und kahlen
Umrissen abzeichneten, und dann erlosch der Himmel, und das Dunkel verdichtete sich und wurde
Nacht.

Sieben ist eine beliebte Zahl, und vor allem war die
Sieben Miss Amelias Lieblingszahl. Sieben Schluck
Wasser gegen den Schluckauf, sieben Runden Dauer-
lauf um den Teich gegen steifen Hals, die siebenfache
Dosis von Miss Amelias Wunderkur gegen Würmer –
fast immer drehte sich ihre Behandlung um die Zahl

Sieben. Es ist eine Zahl der verschiedensten Möglichkeiten, und wer Geheimnisse und Zaubersprüche liebt, hält große Stücke auf die Sieben. Der Zweikampf würde also um sieben Uhr stattfinden. Es war jedermann bekannt, nicht infolge von Anzeige oder Ansage, sondern weil es ebenso fraglos selbstverständlich war wie der Regen oder ein widerlicher Sumpfgestank. Gegen sieben Uhr fand sich daher ein jeder mit ernster Miene vor Miss Amelias Café ein. Die Schlaumeier hatten sich ins Café geschlichen und standen aufgereiht längs der Wände. Die andern drängten sich auf der Vorderveranda oder fanden im Hof einen Stehplatz.

Miss Amelia und Marvin Macy hatten sich noch nicht blicken lassen. Miss Amelia hatte den ganzen Nachmittag auf der Bürobank geruht und war dann nach oben gegangen. Vetter Lymon aber zwängte sich durch die Menge, schnippte nervös mit den Fingern, zuckte mit den Lidern und tauchte jeden Moment neben jemand anders auf. Eine Minute vor sieben schlängelte er sich ins Café und kletterte auf die Theke hinauf. Es war sehr still.

Irgendwie muß es doch vorher abgemacht worden sein, denn genau beim siebenten Glockenschlag zeigte sich Miss Amelia oben am Treppenabsatz. Im gleichen Augenblick erschien Marvin Macy draußen vor dem Café, und die Menge machte ihm schweigend Platz. Ohne Eile gingen sie aufeinander zu, die Fäuste schon geballt und die Augen wie die Augen von Träumenden.

Miss Amelia hatte ihr rotes Kleid gegen den alten Overall vertauscht und die Hosenbeine bis zu den Knien aufgerollt. Sie war barfuß, und um das rechte Handgelenk trug sie einen eisernen Schutzreif. Auch Marvin Macy hatte die Hosenbeine aufgekrempelt; er war bis zum Gürtel nackt und dick eingefettet; er trug die schweren Schuhe, die ihm das Zuchthaus bei seiner Entlassung geschenkt hatte. Stumpy MacPhail löste sich aus der Menge und schlug mit der rechten Handfläche auf die Hosentaschen der Kämpfer – eine Sicherheitsmaßnahme, um zu verhindern, daß plötzlich Messer blitzten. Dann standen sie beide allein in der freigemachten Mitte des hell erleuchteten Cafés.

Kein Startzeichen ertönte, und doch schlugen beide gleichzeitig zu. Jeder Hieb hatte das Kinn des andern getroffen, so daß die Köpfe zurückprallten und beide etwas benommen waren. Nach dem ersten Schlag tänzelten sie ein paar Sekunden lang auf dem leeren Fußboden umeinander herum, probierten verschiedene Stellungen aus und boxten ins Leere. Dann sprangen sie plötzlich wie Wildkatzen los. Man hörte dumpfe Schläge, Keuchen und Stampfen. So blitzschnell waren sie, daß man kaum wahrnehmen konnte, was geschah. Doch einmal wurde Miss Amelia nach hinten geschleudert, so daß sie schwankte und beinahe hinfiel, und ein andermal erwischte Macy einen Hieb auf die Schulter, daß er sich wie ein Kreisel um sich selbst drehte. Auf diese wilde und gewalttätige Art ging der Kampf weiter, und bei keinem der beiden war ein Zeichen von Ermattung festzustellen.

Während eines solchen Kampfes, wenn die Feinde so behende und so stark sind, lohnt es sich, den Blick vom Kampfgemenge abzuwenden und die Zuschauer zu beobachten. Die Leute drückten sich so dicht wie möglich an die Wand. Stumpy MacPhail stand geduckt in einer Ecke, hatte vor Eifer ebenfalls die Fäuste geballt und stieß komische Laute aus. Der arme Merlie Ryan sperrte den Mund so weit auf, daß eine Fliege hineingeriet und von ihm verschluckt wurde, ehe er nur begriff, was es war. Und Vetter Lymon – der bot einen Anblick! Der Bucklige stand auf der Theke und überragte alle andern im Café. Er hatte die Hände in die Seiten gestemmt, den großen Kopf vorgestreckt und die kleinen Beinchen eingeknickt, so daß die Knie nach auswärts gerichtet waren. Vor Aufregung hatte er einen Ausschlag bekommen, und seine blassen Lippen zitterten.

Es dauerte vielleicht eine halbe Stunde, bevor der Kampf eine andere Form annahm. Hunderte von Schlägen waren ausgetauscht worden, und doch war noch keine Entscheidung erzielt. Dann plötzlich glückte es Marvin Macy, Miss Amelias linken Arm zu packen und hinter ihrem Rücken zu verrenken. Sie wehrte sich und konnte Marvin Macy umklammern: damit hatte der eigentliche Kampf begonnen. Denn in diesem Distrikt ist der Ringkampf die natürlichere Art des Zweikampfes, weil der Boxkampf zu rasch ist und zuviel Überlegung und Aufmerksamkeit erfordert. Und als nun Miss Amelia und Marvin Macy sich unlösbar umklammert hielten, erwachten die Zuschauer aus ihrer Benommenheit und drängten näher. Eine Weile rangen die Gegner Muskel an Muskel und stemmten die Hüftknochen gegeneinander. So schwankten sie rückwärts und vorwärts und von einer Seite auf die andere. Marvin Macy schwitzte noch immer nicht, doch Miss Amelias Overall war durch und durch naß; der Schweiß rann ihr die Beine hinab, und sie hinterließ feuchte Fußspuren auf dem Boden. Nun ging es ums Ganze, und in den Augenblicken äußerster Anstrengung erwies sich Miss Amelia als die Stärkere. Marvin Macy war fettig und schlüpfrig, er bot kaum einen Halt, aber Miss Amelia war die Stärkere. Ganz allmählich bog sie ihn hintenüber und zwang ihn Zoll für Zoll auf den Boden. Es war ein schauriger Anblick, und im Café war kein anderer Laut zu hören als ihr tiefes, heiseres Keuchen. Endlich hatte sie ihn unten und setzte sich auf ihn. Ihre großen, starken Hände legten sich um seine Kehle.

Doch im gleichen Augenblick, gerade als der Sieg errungen war, ertönte im Café ein Schrei, der jedermann einen eisigen Schauer über den Rücken jagte. Was eigentlich geschah, ist bis auf den heutigen Tag ein Rätsel geblieben. Die ganze Stadt war anwesend und Zeuge, und doch waren einige darunter, die ihren eigenen Augen nicht trauen wollten. Denn die Theke, auf der Vetter Lymon gestanden hatte, war ja mindestens drei Meter von der Mitte des Cafés und von den Kämpfenden entfernt. Im Augenblick jedoch, als Miss Amelia ihre Finger um Marvin Macys Kehle legte, sprang der Bucklige los und segelte wie auf Habichtsflügeln durch die Luft. Er landete auf Miss Amelias breitem, starkem Rücken und verkrallte sich mit seinen kleinen Klauen in ihrem Hals.

Was folgte, war ein wirres Durcheinander. Miss Amelia war besiegt, ehe die Zuschauer zur Besinnung kamen. Wegen des Buckligen gewann Marvin Macy den Zweikampf, und Miss Amelia lag bewegungslos auf dem Boden und hatte Arme und Beine weit von sich gestreckt. Marvin Macy stand über ihr, zwar mit etwas stierem Blick, doch lächelte er sein altes, überlegenes Lächeln. Und der Bucklige war plötzlich verschwunden. Vielleicht war er entsetzt über das, was er getan hatte – vielleicht war er auch so beglückt, daß er den Triumph ganz für sich allein auskosten wollte –, jedenfalls schlüpfte er aus dem Café und verkroch sich unter der Holztreppe. Jemand besprengte Miss Amelia mit Wasser, und nach einiger Zeit erhob sie sich langsam und schleppte sich in ihr Büro. Die Zuschauer konnten durch die offene Tür sehen, wie sie am Schreibtisch saß, den Kopf in den Armen vergraben, und mit ihrem letzten röchelnden Atem vor sich hinschluchzte. Einmal verkrampfte sie ihre rechte Hand zur Faust und schlug dreimal auf die Schreibtischplatte, dann öffnete sich die Hand schwächlich und lag mit der Handfläche nach oben still da. Stumpy MacPhail trat vor und schloß die Tür.

Die Menge war ruhig, und einer nach dem andern verließ das Café. Maultiere wurden geweckt und losgebunden, Automobile wurden angekurbelt, und die drei jungen Burschen aus Society City strolchten zu Fuß die Straße entlang. Es war kein Zweikampf gewesen, den man hinterher durchhecheln und besprechen konnte; die Leute gingen nach Hause und zogen sich die Decke über die Ohren. Die Stadt lag im Dunkeln, nur in Miss Amelias Haus brannte in jedem Zimmer die ganze Nacht hindurch Licht.

Marvin Macy und der Bucklige müssen die Stadt etwa eine Stunde vor Tagesanbruch verlassen haben. Bevor sie gingen, taten sie noch folgendes:

Sie schlossen das Kuriositätenschränkchen auf und nahmen sich alles heraus.

Sie zerschlugen das Pianola.

Sie schnitzten unanständige Wörter in die Cafétische.

Sie fanden die Uhr, deren Deckel auf der Innenseite das Bild eines Wasserfalls zeigt, und nahmen sie mit.

Sie gossen ungefähr fünf Liter Sirup über den Küchenfußboden und zerbrachen die Gläser mit dem eingemachten Kompott.

Dann gingen sie in den Sumpf hinaus und zertrümmerten in der Brennerei jedes einzelne Stück, auch den großen neuen Kondensator und den Kühler, und steckten den Schuppen in Brand.

Sie kochten Miss Amelias Lieblingsgericht, Maisgrütze mit Wurst, mischten so viel Gift hinein, daß es genügt hätte, den ganzen Distrikt umzubringen, und stellten die Schüssel verlockend auf die Theke.

Sie begingen alle Vandalenstreiche, die sie sich nur ausdenken konnten, ohne jedoch ins Büro einzubrechen, in dem Miss Amelia die Nacht verbrachte. Dann zogen sie zusammen los, die beiden.

Und so kam es, daß Miss Amelia allein zurückblieb. Die Leute in der Stadt hätten ihr geholfen, hätten sie nur gewußt wie, denn die Einwohner dieser Stadt können auch hilfsbereit sein, wenn sich eine Gelegenheit bietet. Mehrere neugierige Hausfrauen fanden sich am andern Morgen mit Besen ein und erboten sich, das Zerstörte zu beseitigen. Doch Miss Amelia blickte sie nur aus traurig schielenden Augen an und schüttelte den Kopf. Stumpy MacPhail kam am dritten Tag, um ein Stück Kautabak zu kaufen, und Miss Amelia verlangte einen Dollar dafür. Alles im Café war plötzlich im Preis gestiegen und kostete einen Dollar. Was soll man zu so einem Café sagen? Auch in ihrer Krankenbehandlung hatte sie sich merkwürdig verändert. In all den vorausgegangen Jahren war sie viel beliebter gewesen als der Arzt in Cheehaw. Nie hatte sie der Seele eines Patienten zuviel zugemutet und ihm etwa so lebenswichtige Dinge wie Whisky und Tabak und so weiter verboten. Ganz selten einmal hatte sie vielleicht einen Patienten behutsam davor gewarnt, gebratene Wassermelone oder sonst ein Gericht zu essen, auf das kein Mensch jemals Appetit gehabt hätte. Doch jetzt war es mit all den weisen Methoden vorbei. Der einen Hälfte ihrer Patienten erklärte sie, daß sie sterben müßten, und der andren Hälfte empfahl sie Heilkuren, die so umständlich und qualvoll waren, daß keiner, der seinen Verstand beisammen hatte, sie auch nur eine Sekunde in Betracht gezogen hätte.

Miss Amelia ließ ihr Haar in ungepflegten Zotteln hängen, und es wurde grau. Ihr Gesicht wurde hager, die prächtigen Muskeln ihres Körpers verkümmerten, bis sie so dünn war wie andere alte Jungfern, die bald den Verstand verlieren. Und ihre grauen Augen – Tag für Tag schielten sie stärker, es war, als suchten sie einander, um einen kurzen, gramvollen Blick einsamen Erkennens auszutauschen. Es war nicht angenehm, sie reden zu hören, denn ihre Zunge war furchtbar scharf geworden.

Wenn jemand vom Buckligen sprechen wollte, sagte sie meistens nur: »Hoh! Wenn ich den zu fassen bekomme, reiß ich ihm die Därme aus dem Leib und werfe sie der Katze zum Fraß hin!« Doch waren es nicht so sehr die Worte, die schrecklich wirkten, als vielmehr die Stimme, mit der sie geäußert wurden. Ihre Stimme hatte die alte Kraft verloren, sie besaß nichts mehr von dem rachsüchtigen Klirren, das sie früher stets annahm, wenn Miss Amelia von ›dem Webstuhl-mechaniker, mit dem ich mal verheiratet war‹, oder von sonst einem persönlichen Feind sprach. Ihre Stimme war brüchig und leise und so jämmerlich wie das pfeifende Winseln der Kirchenorgel.

Drei Jahre lang saß sie jeden Abend stumm und starr allein auf der Vordertreppe, blickte die Straße entlang und wartete. Doch der Bucklige kehrte nicht zurück. Gerüchte tauchten auf, daß Marvin Macy ihn dazu benütze, in Fenster einzusteigen und für ihn zu stehlen, und andere Gerüchte wollen wissen, daß er ihn an einen Rummelplatz verkauft hat. Doch beide Behaup-tungen kamen von Merlie Ryan. Die Wahrheit über ihn konnte man nie erfahren. Im vierten Jahr bestellte Miss Amelia einen Zimmermann aus Cheehaw und ließ an ihrem Haus die Läden vernageln, und seither ist sie in der abgedunkelten Wohnung geblieben.

Ja, die Stadt ist trübselig. An den Augustnachmitta-gen liegt die Straße verlassen da, weiß vor Staub, und der Himmel darüber ist so grell wie Glas. Nichts regt sich, keine Kinderstimme ist zu hören, nur das Sum-men der Baumwollspinnerei. Die Pfirsichbäume schei-nen sich jeden Sommer stärker zu krümmen, und ihre Blätter sind von stumpfem Grau und krankhaft zart. Das Haus Miss Amelias neigt sich so weit nach rechts, daß es nur eine Frage der Zeit ist, bis es vollständig zusammenstürzt, und die Leute hüten sich, den Hinterhof zu betreten. Man kann in der Stadt keinen guten Whisky bekommen; bis zur nächsten Brennerei sind es acht Meilen, und der Whisky ist von einer Qualität, daß jeder, der ihn trinkt, Geschwüre auf der Leber bekommt, groß wie Erdnüsse, und sich in eine gefährliche Traumwelt verspinnt. In der Stadt kann man rein gar nichts unternehmen. Man kann um den Mühlteich wandern, kann mit dem Fuß gegen einen morschen Baumstumpf stoßen und sich den Kopf zergrübeln, was man wohl mit dem alten Wagenrad anfangen könnte, das neben der Kirche am Straßenrand liegt. Die Seele verkümmert vor Langeweile. Man kann ebensogut zur Forks Falls Road laufen und den Kettensträflingen zuhören.

Die zwölf Sterblichen

Die Forks Falls Road liegt drei Meilen von der Stadt entfernt, und dort ist die Rotte Kettensträflinge an der Arbeit. Die Straße ist asphaltiert, und der Distrikt hat bestimmt, daß sie an den schadhaften Stellen ausgebessert und an einem gefährlichen Engpaß verbreitert wird. Die Rotte besteht aus zwölf Mann, die alle den schwarzweiß gestreiften Sträflingskittel tragen und an den Fußknöcheln aneinandergekettet sind. Ein Aufseher mit einem Gewehr steht dabei, dessen Augen sich wegen der grellen Sonne zu kleinen roten Schlitzen zusammengezogen haben. Die Rotte arbeitet den ganzen Tag. Sie kommen bald nach Tagesanbruch her, in den engen Gefängniswagen gepfercht, und im grauen Augustzwielicht werden sie wieder weggefahren. Den ganzen Tag nichts weiter als das Geräusch der Pickel, die in den Lehm hacken, und der grelle Sonnenschein und der Schweißgeruch. Und jeden Tag klingen Lieder auf. Eine einzelne tiefe Stimme hebt wie fragend mit ein paar Takten an, und nach einem Weilchen fällt eine andere Stimme ein, und bald singt die ganze Rotte. Die Stimmen klingen dunkel durch den goldenen Glanz; ihre Melodien sind kunstvoll verwoben und halb schwermütig und halb fröhlich. Der Gesang schwillt an, bis es zuletzt so scheint, als ertöne er nicht aus den Kehlen von zwölf Männern einer Sträflingskolonne, sondern aus der Erde oder dem weiten Himmel. Es ist eine Musik, die einem das Herz aufschließt, so daß sogar der Zuhörer vor Entzücken und Furcht erschauert. Dann verebbt sie langsam, bis zuletzt nur noch eine einzelne, einsame Stimme übrigbleibt, und dann nichts mehr als ein großer, heiserer Atem und die Sonne und das Geräusch der Spitzhacken in der Stille.

Und was für eine Rotte ist das, die solche Musik hervorzaubern kann? Bloß zwölf sterbliche Menschen, sieben schwarze und fünf weiße Burschen aus unsrer Gegend. Bloß zwölf sterbliche Menschen, die zusammengehören.

Bitte beachten Sie auch
die folgenden Seiten

Carson McCullers
im Diogenes Verlag

Das Herz ist
ein einsamer Jäger

1940

Roman. Aus dem Amerikanischen
von Susanna Rademacher

»Der Roman spielt im Staat Georgia, in einer häßlichen heißen Innenstadt. Carson McCullers' mitleidiges Engagement gilt den Sonderlingen, die in diesen öden merkantilen Städten geradezu als Mißgeburten gelten, weil sie nicht zu den anderen passen, nicht mitmachen in deren Alltag. Was simpel erscheinen mag, ist Methode: ohne Interpretation indirekt darzustellen.« *Gabriele Wohmann*

»Was für ein Buch! Ich freue mich schon, es demnächst wieder zu lesen und Neues darin zu entdekken.« *Elke Heidenreich / Brigitte, Hamburg*

Spiegelbild im goldnen Auge

Roman. Deutsch
von Richard Moering

Es gibt in einem der Südstaaten ein Fort, wo vor einigen Jahren ein Mord geschah. An dieser unglücklichen Begebenheit waren beteiligt: zwei Offiziere, ein Soldat, zwei Frauen, ein Filipino und ein Pferd.

»Carson McCullers geht an Čechovs Hand durch Georgia... Der scheinbare Report ist ein Sinnbild für die nüchterne Deskription seelischer Entblößungen; Sinnbild, das nicht für etwas anderes steht, sondern auf es hinweist: auf die häßliche, gräßliche Realität und unsere Einsamkeit.« *Helmut M. Braem*

»Ich habe in Carson McCullers' Werk eine solche Dichte, eine so edle Geisteshaltung gefunden, wie es sie seit Herman Melville in unserer Prosa nicht gegeben hat.« *Tennessee Williams*

Roman. Deutsch
von Richard Moering

Frankie ist die Geschichte eines Reifeprozesses und einer großen Sehnsucht. Es ist die Sehnsucht eines heranwachsenden Mädchens, dabeizusein. Dabei: beim Leben der Erwachsenen, im speziellen Falle auf der Hochzeit des Bruders, der unbegreiflicherweise entführt wird von einer fremden, nicht einmal viel älteren Frau. Frankies Ruf, der unerhört dem abreisenden Paar nachhallt, ist der Ruf des verzweifelten ›Nehmt mich mit!‹, den jedes alleingelassene Kind kennt.

»Mit Recht hat man *Frankie* als weibliches Gegenbild zu Holden Caulfield *(Der Fänger im Roggen)* bezeichnet.«
Gerd Fuchs / Südwestfunk, Baden-Baden

»Wie alle genialen Dichter überzeugt sie uns davon, daß wir im Leben etwas übersehen haben, was ganz offenkundig vorhanden ist.«   *V.S. Pritchett*

»Einsamkeit und Außenseitertum sind die Themen, die McCullers in einfallsreichen und verblüffenden Variationen vor der sommerlich durchglühten Kulisse verschlafener Provinznester Georgias durchgespielt hat.«
Alexandra Lavizzari / Neue Zürcher Zeitung

Die Ballade vom traurigen Café 1950 veröffentl. 1940

Deutsch von Elisabeth Schnack

»Alle Eigenheiten des Werks der Carson McCullers sind in der *Ballade* zur Vollendung entwickelt. Es ist, als habe ihre Dichtung nunmehr die wahre Gestalt gefunden. Die hitzegedörrte Kleinstadt, die kannibalische Sonne, die Baumwollspinnerei, die Café-Bar – all das erreicht hier die Kulmination. – Das tragische Dreieckgeschehen zwischen Miss Amalia, dem Buckligen und dem Zuchthäusler Marvin Macy rührt an die elementaren Bedingungen der menschlichen Existenz.« *Dieter Lattmann*

Wunderkind 1936

Erzählungen. Deutsch von
Elisabeth Schnack

»Es gibt Schriftsteller, die erfinden große Grausamkeiten, um unseren Zustand zu schildern. Das gerät gern ins Schönliche. Carson McCullers verherrlicht nicht. Sie erfindet keine dekorativen Bestien. Sie lenkt nicht ab vom Befund. Sie zeigt: die großen Grausamkeiten sind die alltäglichen.« *Martin Walser*

Madame Zilensky und der König von Finnland

Erzählungen. Deutsch von
Elisabeth Schnack

»Die McCullers vermittelt kein Anliegen, keine Moral, keine didaktischen Absichten; sie erzählt in einer subtilen, nuancenreichen Sprache vom Leben im amerikanischen Süden. Alle Probleme breitet sie vor uns aus – aber das geschieht unauffällig, menschlich, sie sind künstlerisch integriert. Nicht von Mitleid, von Mit-Leidensfähigkeit ist ihre Prosa durchtränkt, das überträgt sich auch auf den Leser, der sich diesem eigenartigen Zauber auch heute nicht entziehen kann. Mit ihren Augen sehen wir Amerika genauer.« *Horst Bienek*

Uhr ohne Zeiger

Roman. Deutsch
von Elisabeth Schnack

»Carson McCullers hat in ihrem letzten Roman versucht, den Tod gewissermaßen zu einer eigenen Angelegenheit zu machen, zu einer Wirklichkeit, die uns persönlich betrifft, zu einem unabwendbaren Vorgang, der für den einzelnen allgegenwärtig ist und zu einer übergreifenden Wahrheit wird, in der er sich wiederfindet. Dieser einzelne ist hier der Apotheker Malone, dem von seinem Arzt die Wahrheit eröffnet wird, daß sein durchschnittliches Dasein nur noch ein gutes Jahr dauern kann – ohne Zweifel eine naheliegende Modellsituation, in der man zur Bilanz eingeladen, angehalten wird. Wie nimmt Malone diese Eröffnung auf, wie reagiert er auf sie? Das ist das Thema dieses ruhigen, eindringlichen Romans.« *Siegfried Lenz*

»Das hier ist lautlos, wie alles, was das Mädchen aus Georgia geschrieben hat, lautlos und lauter.« *Hans Magnus Enzensberger*

Meistererzählungen
Ausgewählt von Anton Friedrich
Deutsch von Elisabeth Schnack

»Heute streitet man sich auch in Deutschland nicht mehr um Rang und Ruhm von Carson McCullers, deren erster Roman *Das Herz ist ein einsamer Jäger* bereits 1940 von renommierten Kritikern des englischen Sprachgebiets gepriesen wurde. Er machte die Dreiundzwanzigjährige auf der Stelle berühmt und gewissermaßen zur Kollegin großer Schriftsteller wie Dostojewskij, Melville und Faulkner, der selber ihr Werk verehrt hat.« *Gabriele Wohmann*

Gesammelte Erzählungen
Deutsch von Elisabeth Schnack

»Bleibt Carson McCullers nicht eine große Autorin, auch wenn ihre Bücher kaum verkauft werden? Ich könnte mir vorstellen, daß jener soeben geborene Leser, wenn er erst einmal fünfzehn geworden ist, sich eines ihrer Bücher aus dem Ramschkasten fischt und bei der Lektüre vom Fieber ergriffen wird.« *Heinrich Böll*

F. Scott Fitzgerald
im Diogenes Verlag

F. Scott Fitzgerald, geboren 1896 in St. Paul in Minnesota; der eigentliche Dichter der Roaring Twenties; der Sänger des Jazz- und Gin-Zeitalters; der Sprecher der Verlorenen Generation; Schöpfer des *Großen Gatsby* und des *Letzten Taikun*. Er starb 1940 in Hollywood.

»F. Scott Fitzgerald. Schade, daß er nicht weiß, wie gut er ist. Er ist der Beste.« *Dashiell Hammett*

Der große Gatsby
Roman. Aus dem Amerikanischen von Walter Schürenberg

Der letzte Taikun
Roman. Deutsch von Walter Schürenberg

Pat Hobby's Hollywood-Stories
Erzählungen. Deutsch und mit Anmerkungen von Harry Rowohlt

Wiedersehen mit Babylon
Erzählungen. Deutsch von Walter Schürenberg, Elga Abramowitz und Walter E. Richartz

Die letzte Schöne des Südens
Erzählungen. Deutsch von Walter Schürenberg, Elga Abramowitz und Walter E. Richartz

Der gefangene Schatten
Erzählungen. Deutsch von Walter Schürenberg, Anna von Cramer-Klett, Elga Abramowitz und Walter E. Richartz

Ein Diamant – so groß wie das Ritz
Erzählungen. Deutsch von Walter Schürenberg, Anna von Cramer-Klett, Elga Abramowitz und Walter E. Richartz

Das Liebesschiff
Erzählungen. Deutsch von Christa Hotz und Alexander Schmitz

Der ungedeckte Scheck
Erzählungen 1931–1935. Deutsch von Christa Hotz und Alexander Schmitz

Meistererzählungen
Ausgewählt und mit einem Nachwort von Elisabeth Schnack. Deutsch von Walter Schürenberg, Anna von Cramer-Klett und Elga Abramowitz

William Faulkner
im Diogenes Verlag

»Nehmen Sie Faulkner – was für ein Humorist er ist! Da kann ihm keiner das Wasser reichen; wahrhaftig, seine Tugend war die Unbefangenheit... Die einfachen Leute in Mississippi verstehen verdammt viel mehr von Literatur als die Professoren von Cambridge.« *Frank O'Connor*

»Faulkner ist eine der wenigen großen schöpferischen Begabungen des Westens.« *Albert Camus*

»Verglichen mit deutschen Romanen ist er Shakespeare.« *Gottfried Benn*

Brandstifter
Erzählungen. Aus dem Amerikanischen von Elisabeth Schnack

Eine Rose für Emily
Erzählungen. Deutsch von Elisabeth Schnack

Schwarze Musik
Erzählungen. Deutsch von Elisabeth Schnack

Die Freistatt
Roman. Deutsch von Hans Wollschläger. Mit einem Vorwort von André Malraux

Die Unbesiegten
Roman. Deutsch von Erich Franzen

Als ich im Sterben lag
Roman. Deutsch von Albert Hess und Peter Schünemann

Schall und Wahn
Roman. Mit einer Genealogie der Familie Compson. Deutsch von Helmut M. Braem und Elisabeth Kaiser

Go down, Moses
Chronik einer Familie. Deutsch von Hermann Stresau und Elisabeth Schnack

Griff in den Staub
Roman. Deutsch von Harry Kahn

Moskitos
Roman. Deutsch von Richard K. Flesch

*Wilde Palmen und
Der Strom*
Doppelroman. Deutsch von Helmut M. Braem und Elisabeth Kaiser

Requiem für eine Nonne
Roman in Szenen. Deutsch von Robert Schnorr

Frankie und Johnny
Uncollected Stories. Deutsch von Hans-Christian Oeser, Walter E. Richartz, Harry Rowohlt und Hans Wollschläger

Meistererzählungen
Übersetzt, ausgewählt und mit einem Nachwort von Elisabeth Schnack

Briefe
Nach der von Joseph Blotner edierten amerikanischen Erstausgabe von 1977, herausgegeben und übersetzt von Elisabeth Schnack und Fritz Senn

Stephen B. Oates
William Faulkner
Sein Leben. Sein Werk. Deutsch von Matthias Müller. Mit vielen Fotos, Werkverzeichnis, Chronologie und Register

Evelyn Waugh
im Diogenes Verlag

Evelyn Waugh (1903–1966) lebte, wenn er nicht gerade auf einer seiner vielen Reisen war, als freier Schriftsteller in London. 1930 konvertierte er zum Katholizismus.

»Ein Schriftsteller von Evelyn Waughs Rang hinterläßt uns Besitztümer, die uns zu Entdeckungen einladen: hier zeigt sich uns plötzlich ein Ausblick, den wir übersehen hatten, da warten Pfade, daß wir sie im rechten Augenblick betreten, denn der Leser wie der Autor ändern sich.« *Graham Greene*

»Intelligent-Unverschämtes über unsere gesellschaftlichen Zustände: Waugh, der schwarze und virtuose Humorist. Aktuell sind seine Satiren nach wie vor.« *Die Weltwoche, Zürich*

»Einer der klarsichtigsten, boshaftesten und melancholischsten englischen Satiriker des 20. Jahrhunderts.« *Ultimo, Bielefeld*

Meistererzählungen der Weltliteratur im Diogenes Verlag

● **Meistererzählungen
aus Irland**

Geschichten von Frank O'Connor bis Bernard
Mac Laverty. Herausgegeben von Gerd Haff-
mans. Mit einem Essay von Frank O'Connor,
bio-bibliographischen Notizen und Literatur-
hinweisen. Erweiterte Neuausgabe 1995

● **Herman Melville**

Aus dem Amerikanischen von Günther Stei-
nig. Nachwort von Hans-Rüdiger Schwab

● **Prosper Mérimée**

Aus dem Französischen von Adolf V. By-
stram und Arthur Schurig. Mit einem Nachwort von V. S. Pritchett

● **Conrad Ferdinand Meyer**

Mit einem Nachwort von Albert von Schirn-
ding

● **Frank O'Connor**

Aus dem Englischen und mit einem Nachwort
von Elisabeth Schnack

● **George Orwell**

Ausgewählt von Christian Strich. Aus dem
Englischen von Felix Gasbarra, Peter Naujack, Alexander Schmitz, Nikolaus Stingl u.a.

● **Edgar Allan Poe**

Ausgewählt und mit einem Vorwort von Mary
Hottinger. Aus dem Amerikanischen von Gisela Etzel

● **Alexander Puschkin**

Aus dem Russischen von André Villard. Mit
einem Fragment ›Über Puschkin‹ von Maxim
Gorki

● **Joachim Ringelnatz**

Ausgewählt von Winfried Stephan

● **Saki**

Aus dem Englischen von Günter Eichel. Mit
einem Nachwort von Thomas Bodmer und
Zeichnungen von Edward Gorey

● **Arthur Schnitzler**

Herausgegeben und mit einem Nachwort von
Hans Weigel

● **Georges Simenon**

Aus dem Französischen von Wolfram Schäfer,
Angelika Hildebrandt-Essig, Gisela Stadel-
mann, Linde Birk und Lislott Pfaff

● **Muriel Spark**

Aus dem Englischen von Peter Naujack und
Elisabeth Schnack

● **Stendhal**

Aus dem Französischen von Franz Hessel,
M. von Musil und Arthur Schurig. Mit einem
Nachwort von Maurice Bardèche

● **Robert Louis Stevenson**

Aus dem Englischen von Marguerite und Curt
Thesing. Mit einem Nachwort von Lucien
Deprijck

● **Adalbert Stifter**

Mit einem Nachwort von Julius Stöcker

● **Leo Tolstoi**

Ausgewählt von Christian Strich. Aus dem
Russischen von Arthur Luther, Erich Müller
und August Scholz

● **B. Traven**

Ausgewählt von William Matheson

● **Iwan Turgenjew**

Herausgegeben, aus dem Russischen übersetzt und mit einem Nachwort versehen von
Johannes von Guenther

● **Mark Twain**

Mit einem Vorwort von N.O. Scarpi

● **H. G. Wells**

Ausgewählt von Antje Stählin. Aus dem Englischen von Gertrud J. Klett, Lena Neumann
und Ursula Spinner